U0096564

數學老師讀國文

讀國文

漢泉◎編著

水之間，壬辰長至 吳東鈞銘

得仁．知之樂者 昔異用於山

真動也 始知亦靜則惟山

守異靜也 如仁亦動則惟水。

氏山陰吳

珍玩

前言

　　編著者為大學畢業生，不是研究所、博士班畢業，在大學時不是「國文科」本科系畢業，也不是專門的國學、國語⋯的教授、學者。不過，就是因為沒有「文學系所」的包袱，在平時閱讀書籍時，除了接受以往學者、教授的研究結論、想法參考、及搜證整理的資料外，思想可以有充分的自由空間，也因而致今仍舊喜好研讀國文。記得從小學、國中、⋯一直到大學，只有在「高中」的一堂下午課時打過頓(還記得是胡老師的課，大夥兒尊稱為胡教授)，其他時間可說是聚精會神、興致勃勃的學習。想想，應是從國中的國文導師林子指導啟蒙開始產生興趣的吧！對它的喜好不僅僅因為它是自小溝通使用的語言、文字而已，對於身為中國人所擁有的「方塊字」造字、形音義的賦予⋯等，也倍感榮焉。

　　古代典籍的閱讀，自編著者識字開始，所遇到的國文老師、所聽到長輩的言論指導⋯等。大夥兒總是依照古代著名學者的解釋來說明。不過，自好幾千年流傳下來的典籍、言論，又經過了各朝代無數的著名學者的注釋，而至今日。說真的，對其原有的解釋意義；有的內容太深奧、無法瞭解，有的編著者認識不足、無法知悉；有的注釋解說境界太高、無法攀附。或許是歷史年代久遠、或許是時空背景不同、或許是個人生長環境使然、⋯。總之，覺得與自己的生活無法聯繫。而對中文文學、古時候所留下的「修身」良言，起了「疑竇」！

　　數學，它其中一個目的是在訓練「解決問題」的能力，在學習數學期間，仍多少有接觸到這「論語」、「大學」、…等這基本的古學經典；漸漸的，瞭解了為何會稱孔子為聖人了。

　　以下簡述我的所得：

一、「修身」的文章，不可能與生活脫節，必定是在生活之中可以活用。

二、中國文字常會有雙重意義，且正好是兩極相反，有一個笑話：「這次的遠東區少棒賽結果如何？」「結果中華大勝南韓，中華又大敗日本。」這場比賽的結果到底誰是冠軍？「敗」字有「失敗」之意、也有「打敗」之意，這即是中國文字巧妙之處。

三、俗曰：「言者無心，聽者有意」。此句話在此表達的方式雖然不是很恰當，不過也說明了；用「說話」來教育人，並不是單看說話者所說的文字意思。

　　1. **聽者的聯想：** 即這個「話語」對聽者所產生的作用。如同孔子說了一句話『聞斯行諸』（論語先進第十一），這句話分別對「子路」、「冉有」兩個人來說，求聽到，可以進之；由聽到，可以退之。這是因為兩人的環境背景不同，同樣一句話將讓不同的聽者有不同的詮釋。

　　2. **說者的語氣：** 當說話者（施教者）對聽者（受教者）有相當程度的了解，在語氣上就可以有不同的抑揚頓挫，例：可加強、減緩…等方式，來達到表達的目的，所以同樣是『聞斯行諸』，也可以因為語氣的不同而有不同意義，這是文字流傳時無法記載的啊！

四、子曰：「君子不器」(論語為政第二)，君子有大道，大道不器，所以說文字語言的表達，若是運用的當，是可以如同「調節器」般，能夠自動的對於不同的個體有「正」、「負」方的調整！

　　所以，由以上所述，編著者認為「國文」是古代聖賢所遺留下來「修身」的聖物，用來當做考試測驗衡量的工具，未免是「暴殄天物」，況且真正答對題目者，對「自我」有一定的認知準則嗎？當然，這標準答案是以「中庸」之道、至善為本。不過，就每個人的歷程而言，當今考試的用意已經偏離了要測出「學生」當前的「程度」，而成為是要學生對抽象的「理想」世界做一番記憶，這應該不是古聖賢遺留下來這些論述的本意吧！或許只有寫出自己心境的「作文」才能對自己有深刻的了解！

　　時代的潮流顯現了各朝代中，有形、無形的需求；而且這世上種種事物的喻意，也不難看出我們真正欠缺了什麼東西，真正需要補充什麼？以現在的局勢來看，打開電視總是看到「整形」、「瘦身」…等。尤其這些正是年輕人所盲目追求的，為何會這樣？青年朋友們自己也不知道，編著者認為，這其中蘊含的意義是說明人們該「修身」的時刻來到了！也只有這種「修身」的內在工夫，才是真正人們所要的，也只有這「修身」的整形工夫，才可以知道自己在做什麼！也只有回到這悠久歷史傳承的「中國」前輩慈悲古聖的教誨之中，才能真正的體會「人本」之意！

　　最後，編著者對於文章的本文，不管古代的學者所注釋、說明的內容為何？編著者覺得，這是他們研讀時「他們自己」

所得來分享給大家的，編著者無法因而有所體會，只怪自己太笨拙。不過，編著者以自己的「感受」為主，雖然粗俗淺顯，畢竟是在自己的生活之中應用，即使真的與原意有所差異、沒有達到原書本中的境界，只能說編著者智力還未到達吧！編著者利用目前所看、所聽、所遇、所感、…等的少許經驗，配合思考的「合理」性、「平易」性的方式編輯成冊，除了作為自己隨時翻閱、複習、警惕、自勵的教材外，也可成為自己將來有所成長時，回顧的資料。倘若有讀者能於閱讀後產生共鳴也無有不妥。而讀者於閱讀時，發現內容欠佳，也請不吝指教。

編著者　漠泉

內容說明

　　本書內容分為「大學」、「學記」兩篇，在每篇各分為前後兩部分：前部為「原文」，以供讀者可以直接閱覽全文；後部為「白話注釋」，以編著者的讀後心得來詮釋。

　　編輯方式依下列條列為之：

1. 附以「原文」以供閱讀及朗誦參考，而句讀、斷句方式，為已知的一般用法。

2. 「注釋」方面以前後文的連貫、及今日社會背景的相關連套用之，或許已經不是原來作者的本意，不過盡可能的將合理的敘述條列，以供讀者參考。而這多種不同的注釋，以序號列示。例：①、②、③、…或（A）、（B）、（C）、…

3. 原文、注釋的說明，皆以「標楷體」為之。

4. 在兩篇文章的「前」、「中」、「後」分別安插一篇新詩，以供閱覽。

詩的說明

第一首詩：以女子的心情描寫遊賞竹山的「瑞龍瀑布」的回憶連結，並以排版格式的前後，代表「現在」、「腦中閃於過去現在之間」、「過去」、「過去再回想」…等四個時間點。

第二首詩：假日賞玩南投縣竹山鎮位於山區上的「竹

海風景區」，並以早、中、晚來描寫風景
及心中的感觸。

第三首詩：以老年人的心境描寫生活，對於內心世界
的恬靜淡然、友人的相惜相伴、夫妻的深
情包容、體會「無需占有即是擁有」的心
境、以及安命無悔。

5. 最後的《附錄一》《附錄二》為編著者的心得，僅供
餘興參考。

目次

新詩欣賞（一）
涼紗白簾（瑞龍瀑布）

　　走在紅色地氈上，心中隨著腳步起伏。
　　原來人生的第一次充滿了夢幻、充滿了祝福，
　　　　排排賓客穿著合身的禮服，
　　　　側身細數歲月經過了多久，
　　　　也曾迂迴曲折、也曾隨波逐流。
　　看見幾經風霜的吊橋感同身受。
　　　　　然而這都已成為過往、
　　　　　　　成為美麗的憶眸，
　　　　心中的大石，眾人讚歎不絕於口，
　　　　身體缺陷的美，柳暗花明而世上獨有。
　哦~！原來這就是你儂我儂。
望著這涼紗白簾，回想著往日點點，
不覺泛紅了頰兒兩面，
　　　　就在此時此地沐淋甘雨，洗去惆悵；
　　　　就在此時此地親吻著你，倚身相伴！

前部
大學原文

一、經之全一章

　　大學之道：在明明德，在親民，在止於至善。知止而后有定，定而后能靜，靜而后能安，安而后能慮，慮而后能得。物有本末，事有終始，知所先後，則近道矣。

　　古之欲明明德於天下者，先治其國；欲治其國者，先齊其家；欲齊其家者，先脩其身；欲脩其身者，先正其心；欲正其心者，先誠其意；欲誠其意者，先致其知；致知在格物。物格而后知至，知至而后意誠，意誠而后心正，心正而后身脩，身脩而后家齊，家齊而后國治，國治而后天下平。

　　自天子以至於庶人，壹是皆以脩身為本，其本亂而末治者否矣；其所厚者薄，而其所薄者厚，未之有也。

二、傳之首章　釋明明德

　　康誥曰：「克明德。」
　　大甲曰：「顧諟天之明命。」
　　帝典曰：「克明峻德。」
　　皆自明也。

三、傳之二章　釋新民

湯之盤銘曰：「苟日新，日日新，又日新。」

康誥曰：「作新民。」

詩曰：「周雖舊邦，其命維新。」

是故，君子無所不用其極。

四、傳之三章　釋止於至善

詩云：「邦畿千里，惟民所止。」

詩云：「緡蠻黃鳥，止於丘隅。」子曰：「於止，知其所止，可以人而不如鳥乎？」

詩云：「穆穆文王，於緝熙敬止。」為人君，止於仁；為人臣，止於敬；為人子，止於孝；為人父，止於慈；與國人交，止於信。

詩云：「瞻彼淇澳，菉竹猗猗；有斐君子，如切如磋，如琢如磨；瑟兮僴兮，赫兮喧兮；有斐君子，終不可諠兮。」

如切如磋者，道學也；如琢如磨者，自脩也；瑟兮僴兮者，恂慄也；赫兮喧兮者，威儀也；有斐君子，終不可諠兮者，道盛德至善，民之不能忘也。

詩云：「於戲！前王不忘。」君子賢其賢而親其親，小人樂其樂而利其利，此以沒世不忘也。

五、傳之四章　釋本末

子曰：「聽訟，吾猶人也。必也使無訟乎！」無情者，不得盡其辭，大畏民志；此謂知本。

六、傳之五章　釋格物致知

此謂知本。此謂知之至也。

七、傳之六章　釋誠意

所謂「誠其意」者，毋自欺也。如惡惡臭，如好好色，此之謂自謙。故君子必慎其獨也。小人閒居為不善，無所不至；見君子而后厭然，揜其不善而著其善；人之視己，如見其肺肝然，則何益矣？此謂誠於中，形於外。故君子必慎其獨也。

曾子曰：「十目所視，十手所指，其嚴乎！」富潤屋，德潤身，心廣體胖。故君子必誠其意。

八、傳之七章　釋正心修身

所謂「脩身在正其心」者，身有所忿懥，則不得其正；有所恐懼，則不得其正；有所好樂，則不得其正；有所憂患，則不得其正。心不在焉，視而不見，聽而不聞，食而不知其味。此謂「脩身在正其心」。

九、傳之八章　釋修身齊家

　　所謂「齊其家在脩其身」者，人之其所親愛而辟焉，之其所賤惡而辟焉，之其所畏敬而辟焉，之其所哀矜而辟焉，之其所傲惰而辟焉。故好而知其惡，惡而知其美者，天下鮮矣。

　　故諺有之曰：「人莫知其子之惡，莫知其苗之碩。」

　　此謂身不脩，不可以齊其家。

十、傳之九章　釋齊家治國

　　所謂「治國必先齊家」者，其家不可教，而能教人者，無之。故君子不出家，而成教於國。孝者，所以事君也；弟者，所以事長也；慈者，所以使眾也。

　　康誥曰：「如保赤子。」

　　心誠求之，雖不中，不遠矣。未有學養子而后嫁者也。

　　一家仁，一國興仁；一家讓，一國興讓；一人貪戾，一國作亂；其機如此。此謂一言僨事，一人定國。堯舜帥天下以仁，而民從之；桀紂帥天下以暴，而民從之。其所令反其所好，而民不從。是故君子有諸己，而后求諸人；無諸己，而后非諸人。所藏乎身不恕，而能喻諸人者，未之有也。故治國在齊其家。

　　詩云：「桃之夭夭，其葉蓁蓁，之子于歸，宜其家人。」宜其家人，而后可以教國人。

　　詩云：「宜兄宜弟。」宜兄宜弟，而后可以教國人。

　　詩云：「其儀不忒，正是四國。」其為父子兄弟足法，而

后民法之也。此謂治國在齊其家。

十一、傳之十章　釋治國平天下

　　所謂「平天下在治其國」者，上老老而民興孝；上長長而民興弟；上恤孤而民不倍。是以君子有絜矩之道也。所惡於上，毋以使下；所惡於下，毋以事上；所惡於前，毋以先後；所惡於後，毋以從前；所惡於右，毋以交於左；所惡於左，毋以交於右。此之謂絜矩之道。

　　詩云：「樂只君子，民之父母。」民之所好好之，民之所惡惡之，此之謂民之父母。

　　詩云：「節彼南山，維石巖巖；赫赫師尹，民具爾瞻。」有國者不可以不慎；辟，則為天下僇矣！

　　詩云：「殷之未喪師，克配上帝；儀監於殷，峻命不易。」

　　道得眾，則得國；失眾，則失國。是故君子先慎乎德，有德此有人，有人此有土，有土此有財，有財此有用。德者，本也；財者，末也。外本內末，爭民施奪。是故財聚則民散，財散則民聚。是故言悖而出者，亦悖而入；貨悖而入者，亦悖而出。

　　康誥曰：「惟命不於常。」道善則得之，不善則失之矣。」

　　楚書曰：「楚國無以為寶，惟善以為寶。」

　　舅犯曰：「亡人無以為寶，仁親以為寶。」

　　秦誓曰：「若有一個（个）臣，斷斷兮，無他技；其心休

休焉,其如有容焉。人之有技,若己有之;人之彥聖,其心好之;不啻若自其口出,實能容之,以能保我子孫黎民,尚亦有利哉!人之有技,媢嫉以惡之;人之彥聖,而違之俾不通,實不能容,以不能保我子孫黎民,亦曰殆哉!」

唯仁人放流之,迸諸四夷;不與同中國。此謂「惟仁人為能愛人,能惡人。」見賢而不能舉,舉而不能先,命也;見不善而不能退,退而不能遠,過也。好人之所惡,惡人之所好,是謂拂人之性,菑必逮夫身。是故君子有大道,必忠信以得之,驕泰以失之。

生財有大道:生之者眾,食之者寡;為之者疾,用之者舒;則財恆足矣。仁者以財發身,不仁者以身發財。未有上好仁,而下不好義者也;未有好義,其事不終者也;未有府庫財,非其財者也。

孟獻子曰:「畜馬乘,不察於雞豚;伐冰之家,不畜牛羊;百乘之家,不畜聚斂之臣;與其有聚斂之臣,寧有盜臣。」

此謂國不以利為利,以義為利也。長國家而務財用者,必自小人矣;彼為善之,小人之使為國家,菑害並至,雖有善者,亦無如之何矣。此謂國不以利為利,以義為利也。

大學原文完

後部
「大學」讀後心得
白話注釋

一、經之全一章

大學之道：大學的（原則、根本、重點、摘要、基礎、分階、進程、內容），亦即大學要教（學）的道理（事項）。

大學：

1. 後人以此定書名。

2. 為「大學」闡示新義。

3. 定明「大學」界線。

4. 令人談論即知所論。例：「毛筆」即知。亦即「題名知意」、「言有所宗」。

在明明德：（身）第一步在使自身的明德顯露出來（參考傳首）

在親民：（心）第二步在使民自新（參考傳二）

在止於至善：（性）最後達到最善的境地（參考傳三）

　　　　　　　　（在最善之地活動，以至善之法來處理）

★指出了大學之大綱

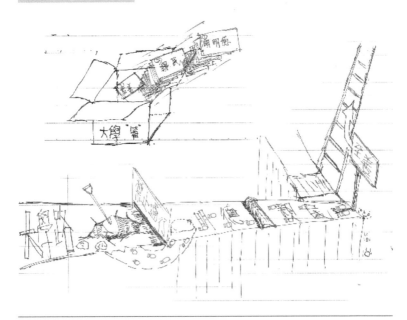

知止而后有定：知道終點（至善）之後，就有了定向。

　　知道自己追求什麼，有了目標，就有了定向。

定而后能靜：有了方向之後，要能靜心。

　　能讓自己知道什麼該做，什麼不該做，明辨世事。了
　　解諸多事理，就不會因自然萬物運作而以為「地牛翻
　　身」、「天狗食月」，心中產生害怕、恐懼。

靜而后能安：心靜之後，要能安身。

　　知後要能行，知道什麼不該做，而能不去做

　　例：知道出手打人是不對的，那就讓自己心智能控
　　　　制，不出手打人。沒有因為身體衝動做出不對的
　　　　事；要讓自己能輕易控制身體。

安而后能慮：身安之後，要能慮疑。

身心合一之後，就要考慮、思慮到外在環境的困難、疑惑、原由。

例：生、老、病、死之源由…。

慮而后能得：疑慮之後，就能到達目的地了。

這些疑惑解決了，就能到達至善境地了！

★指出實行方法

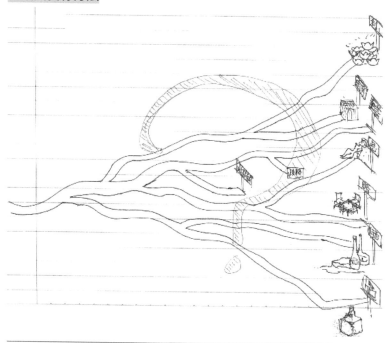

物有本末：萬物都有根本及末端

明明德、親民、止於至善，三者之間雖有次序之分。

然而，個別亦有其根本、末端。

事有終始：事情都有終止及開始

「定、靜、安、慮、得」只要去實行就有到達終點的一天。亦即會從「定始→定終、靜始→靜終、安始→安終、慮始→慮終、得始→得終」

知所先後：知悉萬物、事情的起端至結束的先後次序。

知道開始、結束；知道誰先、誰後。就不會雜亂不堪、浪費時間、虛度光陰、事倍功半、努力白費了。

則近道矣：那就和大學之道相近了。

★依大綱舉例

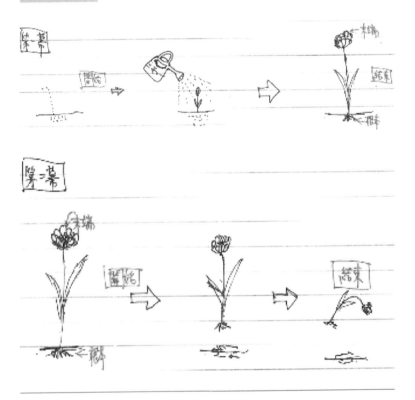

　　古之欲明明德於天下者：古時候想要天下人民都能覺知善良德性的領導人

　　先治其國：先要治理好他的國家。

　　欲治其國者：想要治理好他的國家

　　先齊其家：要先齊整他的家族。

　　　　家：家族、家庭

　　欲齊其家者：想要齊整他的家族

　　先脩其身：要先修導自己舉止態度

　　欲脩其身者：想要修導自己舉止態度

　　先正其心：要先端正自己心思

　　欲正其心者：想要端正自己心思

　　先誠其意：要先坦誠自己意念（坦誠事物真意）

　　　　參見釋「誠意」

　　欲誠其意者：想要坦誠自己意念（坦誠事物真意）

　　先致其知：要先拓展自己（事物）認知基礎

　　致知在格物：拓展自己（事物）認知基礎，在於透澈分析物理。

　　　　欲…，先…。譯為：想要…，要先…（或要想…，先
　　　　要…）「要」字在前有加強之意，每句翻譯時，一緩

一強，有漸次感。

修「身」之身譯為「舉止態度」，因身體表現之徵象有動、靜。

動者舉止→所謂行為（形於外）；靜者態度→所謂氣質（蘊於內）

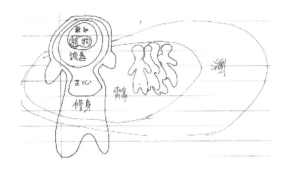

物格而后知至：物理已經分析透澈，就能認知基礎有拓展。

知至而后意誠：認知基礎已經拓展，就能意念（真意）有坦誠。

意誠而后心正：意念（真意）已經坦誠，就能心思有端正。

心正而后身俏：心思已經端正，就能舉止態度有修導。

身俏而后家齊：舉止態度已經修導，就能家族有齊整。

　　家：家族、家庭

家齊而后國治：家族已經齊整，就能國家有治理。

國治而后天下平：國家已經治理好，就能使人民覺知善良德性。

★方法舉例

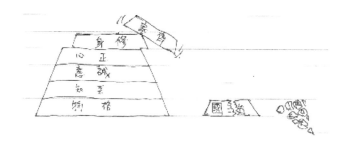

自天子以至於庶人：從天子到平民

壹是皆以脩身為本：全都是以修導舉止態度為根本

　　修身為顯於外最基礎者。人與人之接觸為外在互動，

　　修身為本。

其本亂而末治者否矣：

1. 一個人的根本（修身）胡亂作為，而卻能於末端（家
　　族、國人）受到敬重，這是不可能的。

2. 一個人修身的根本（格物）不透澈，而言行舉止能為
　　人接受，那是不可能的。

本：因層次、階級、作為之能力範圍而定

對天子而言：	對庶人而言：
本：這個根本➔指修身；	本：這個根本➔指修身；
末治➔治國	末治➔齊家
修身的根本➔指格物；	修身的根本➔指格物；
末治➔修身	末治➔修身

　　　（內）　　　　修身為內之末，外之本也　　　（外）

格物、致知、誠意、正心　　← 　修身 　→　　齊家、治國、平天下

★總結說明

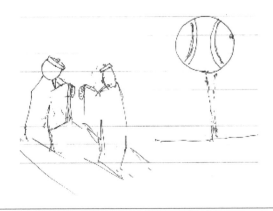

其所厚者薄：根本敦厚的人，人人輕薄待他

　　如同說一個知書達禮的人，舉止輕浮粗暴待人

而其所薄者厚：根本輕薄的人，人人敦厚待他

　　而說一個不知廉的人，舉止合宜合禮待人

未之有也：這是從來沒有過的事

　　修身，人之行為外顯，故內可知意、外表於徵。

★為本亂而末治者之不行舉例

二、傳之首章　釋明明德

康誥曰：周書《康誥》記載說

克明德：能夠有善良的德性

- -

大甲曰：商書《太甲》記載說

顧諟天之明命：思念、回首想想這上天在賦予我們生命特有的善良德性。

即『上天將善良的德性附在我們生命上』

帝典曰：虞書《帝典》記載說

克明峻德：能夠明白大德

皆自明也：

1. 上述文句本身都已經明示清楚了
2. 這些都是從闡明（顯明、找出、發掘）開始
3. 自己發揚

尚書分《虞書》（帝典）、《夏書》、《商書》（太甲）、《周書》（康誥）。

此章重點，應是在最後一句『皆自明也』，前三句可說是舉例說明，而於最後總結。

將「皆自明也」看成雙關語氣，敘述如下：

1. 從上方三句的詞意中，再再強調人的善良德性，在強調「人之初、性本善」，有別於性惡、性不善不惡、及性含善惡…等看法，有心理建設之意味，亦在說明『出發點』為何！

   此種解釋較屬於「靜態字面明顯告知」，即建立「知」之意識。

2. 「明」當「發掘」或「發揚」，有使顯露出來之意，即「明明德」第一個明字之意。

以教學過程中的所謂「近程、中程、遠程」目標，在
此一階段即是要從「明」開始做起；另一方面由尚書
摘錄的三句篇文中得知，文王（第一句）、帝堯（第
三句）能有所作為是都已經「明」了，而伊尹告誡太
甲（第二句）也是要「明」才能有所作為。

此種以「果」思「因」，引起人們的動機來實行，使
人有「行」之動力。

譯為：此三者都是從發掘自身善良德性的「發掘」開
　　　始著手，起而行（要去實行）

　　　此三都都是已經闡明了善性而有所作為。（去
　　　實行就會有如此成果）

指出性本善的可信

三、傳之二章　釋新民

湯之盤銘曰：商湯的《盤銘》記載說。

苟日新：假如有一天想棄舊圖新了。

日日新：那就要天天除去髒物來變新。

又日新：未來的某日（他日）也就和新造好時一樣新了。

- -

康誥曰：周書《康誥》記載說。

作新民：鼓勵去惡從善的人民。

- -

詩曰：詩經大雅文王篇說。

周雖舊邦：周朝是延續很久的古老諸侯邦國。

其命維新：它順著天命推翻商朝暴政，就能新建立一統天下的周王朝。

- -

是故：所以。

君子無所不用其極：君子革新自己，無時無刻沒有不盡全力的。

- -

第一句：以類似譬喻法說明，在人的革除惡習方面亦如
　　　　同洗除鍋底的污垢般。

　　　（污物非一日形成，只一日不能除污物）

第二句：引用權威人（周公）之語，使人改過自新。

第三句：以事實印證

第四句：因君子知如此，所以才會盡力去做

指出革新的可行

四、傳之三章　釋止於至善

詩云：詩經商頌玄鳥說

邦畿千里：君王居住的都城及周圍的領土有千里廣闊

惟民所止：這都是人們所嚮往（然今商已亡，高宗英明不再）居住的地方

- -

詩云：詩經小雅緜蠻說

緜蠻黃鳥：黃鳥『緜蠻』的叫著

止於丘隅：棲息在小高山中，山角繁盛枝木的一角

子曰：孔子說

於止：關於棲息居住啊！

知其所止：黃鳥知道牠應當棲息居住的地方

可以人而不如鳥乎：難道人可以不如鳥嗎？

第一句： 商朝高宗邦畿千里，是人人嚮往居住的安和平
治地方。

表示： 人民是知道什麼地方，施行仁政、德政
的，就往那地方住。

第二句： 黃鳥雖小，力不大、飛不到山的最高處棲息，
然牠知道選擇在山角有繁盛枝木小高山的一角
安居，因牠知在此地也能受到地利的保護得以
生存。（喻人若如鳥，選對地方居住、在好的
德政，偏遠地方亦能受到照顧）

並且依此法來教導下一代，也就能生生不息、
不滅絕。

（在好的、有肥沃土地的高山下找一繁盛樹
林，也能受其惠）

第三句： 對於棲息之地，鳥選在那離山頂遠，但仍能受
到利益恩惠的地方（對第二句之肯定）人怎能
不如鳥呢？

要選定至善之地

詩云：詩經大雅文王說

穆穆文王：端莊恭敬的文王

於緝熙敬止：繼續光大先王的德行

為人君，止於仁：作為人民君王，對人民要達到「仁」的境地。（以仁待人民）

為人臣，止於敬：作為君王的臣子，對君王要達到「敬」的境地。（以敬奉君王）

為人子，止於孝：作為子（女），對父母要達到「孝」的境地。（以孝侍父母）

為人父，止於慈：作為父（母），對子女要達到「慈」的境地。（以慈待子女）

與國人交，止於信：與國人來往，對每個人要達到「信」的境地。（以信對國人）

第一句：說明至善境地的「非常美好」為何？

　　　　端莊恭敬的文王這位賢明君王，繼續光大先王德行，已經到達「敬天」的層次了。

第2~6句：這「止」字，非「到達」、「達到」就停止，而是「達到」後的另一開端；到達一個境地而開始用這方法來做。

要確定至善之地

詩云：詩經衛風淇奧說

瞻彼淇澳：看那淇水水邊上

菉竹猗猗：綠色的竹子長得興盛亮麗

有斐君子：蘊含文采的竹子（就如同本性善良的君子）

如切如磋：將竹子砍劈（截）鋸段

如琢如磨：將竹子雕琢磨光

瑟兮僩兮：莊重精確的做成吹瑟管

赫兮喧兮：發出的聲音是威武震赫

有斐君子：蘊含文采的竹子

終不可諠兮：最後發出的樂令人不能忘記

- -

　　如切如磋者，道學也：將竹子砍劈（截）鋸段，就如同一個人學習後開始實行「大學之道」。

　　　　切磋：其過程並非「去蕪存菁」。

　　如琢如磨者，自脩也：將竹子雕琢磨光，就如同一個人修養、陶冶充實自己的品性。

　　瑟兮僩兮者，恂慄也：莊重精確的做成吹瑟管，就如同一個人謹言慎行的恐怕不能做好自己所學到的，而前功盡棄。

　　赫兮喧兮者，威儀也：發出的聲音是威武震赫，就如同一個人儀表受到潛移默化而顯得威武莊嚴。

　　有斐君子：蘊含文采的竹子。

　　終不可諠兮者：最後發出的樂令人不能忘記。

　　道盛德至善：就如同一個人學道修德而到至善所表現的。

　　民之不能忘也：也是令人不能忘記的。

- -

　　1. 此可列為孔子制禮作樂之例

　　2. 天性賦予竹子悅耳音之文采，如天性賦予人之明德善性

要到至善之地的過程、方法

詩云：詩經周頌烈文說

於戲！前王不忘：啊！前代的君王，不能讓人遺忘

1. 文王廟：文王

2. 成王之前王：武王

君子賢其賢而親其親：後世君王尊賢前王所尊賢的（臣子），而革新前王所革新的（良政）

　　　君子→後代君王；「其」表前王

小人樂其樂而利其利：後世人民安樂於前王所治理的安樂，而得利於前王所施與的利益

　　　小人→後世人民；「其」表前王

此以沒世不忘也：這就是前代君王雖已去世，後代永不遺忘的道理啊！

做到至善後的效應

五、傳之四章　釋本末

子曰：孔子說

聽訟，吾猶人也：審理爭訟，我可以和別人一樣

必也使無訟乎：如果一定要我來處理這種事的話，那我就是要使人們不再發生爭訟

無情者：爭訟中不合情理的人

不得盡其辭：在話未申辯完時大眾就知道他的不合理

大畏民志：因而大大畏懼人民的心志德行（無法顛倒是非）

此謂知本：這就是知悉事情本源

一般人常知道如何做，但不知從何下手做；就是不知真正源由、根本

1. 爭訟時，必有兩人（以上）才會發生
2. 爭訟時，自己都認為自己是對的（就算是騙人的一方，也能有一套圓謊的說辭）
3. 爭訟時，必定「是己非人」（頭頭是道，兩方皆有理）
4. 爭訟時，必定先要讓人評理，找尋支持者，認同者。（解決爭訟）
5. 爭訟時，必定有一方較不合理（不合事實、常理、規定、或有人在欺騙）

訴之聽審即是要裁定「誰是誰非」（「是非」的標準，為善良德性）

若在聽審前，人人知「誰是誰非」，即

1. 說謊者，人人皆有能力識破
2. 人人有能力辨是非
3. 不合理者，無法顛倒是非、悚動人心

→不合理者只有自我承認「不合理」

如此在聽訟前，不就已經解決了嗎？

所以，「本」就是指「使人民知善惡、辨是非、明己過」「察知自身的善良德行」

查：對外、物、身、實物

察：對內、心、抽象

六、傳之五章　釋格物致知

　　此謂知本：這相當就是透悉事情（根本源由）的格物了

　　此謂知之至也：這可說是知道事情源由而有基礎認知所舉
的例子了

- -

1. 格物、致知的難以解釋由此可知
2. 與其依字面解釋、闡明，不如舉例說明
3. 了解「本末」才知如何找出事之源由（本）而加以探
   究、察知
4. 此二句是由第四章之例子，直接引述之！

第四章	第五章
無情者，不得盡其辭，大畏民志，此謂知本 （1）分析、窮究「訟」之種種形成源由 （2）知道這種種源由的根本起因	**此謂知本** 這就是知道「格物」這本源的例子了
子曰：「聽訟，吾猶人也，必也使無訟乎」 孔子也和別人一樣，不過他要做到（可以做到）的是要讓人不要爭訟 （1）「聽訟」為末；「使無訟乎」為致知，而「無情者…」一句指出真正的「本」 （2）這句話是經分析窮究透澈後的基本認知 （3）知道「斬草除根」才能弭除後患、才能根絕 （4）與人言，常由「致知」起、「格物」於己心 （5）「致知」者，或許人人可知，「格物」則非人人明瞭 （6）說明了人們「求知」，「知其然，不知其所以然」，使言論成為空談	**此謂知之至也** 這就是知道「格物」本源後，而自然形成基本認知所表現出來的例子

承上啟下

七、傳之六章　釋誠意

所謂誠其意者：所謂坦誠（事物）真意

毋自欺也：就是不要自己欺騙自己

　　瞞：自己無法瞞，故不注釋為瞞騙

如惡惡臭：厭惡惡的，就好像厭惡聞到惡臭味

　　厭惡惡的，就好像厭惡茅房放臭屁之人

如好好色：喜好善的，就好像喜歡看到美好景色

　　喜好善的，就好像喜好美女的姿色

此之謂自謙：這兩個例子就是說明自己會趨向安逸美好之事

1. 這就是（所謂）自己要求得滿足

2. 這就是所謂自己要得安適

3. 這就是所謂自己要得安逸快活

4. 這些都是會讓自己愧慊

故君子必慎其獨也：所以君子在獨處時，必定要小心謹慎

　　避免物逸而趨美好不善

人本性為善，對外在美好事物有共同的趨向；但是，事物美好的，對人心不一定有善、好的效果。分析如下：

事物	美好（人趨之）	善（對人有益）	人皆樂而為之	慎獨時必須注意的
		不善（對人有害）	一般人獨處時多為之（因其美好）	
	不美好（人避之）	善（對人有益）	一般人獨處時多不為（因其不美好）	
		不善（對人有害）	人皆惡而避之	

「誠意」就是對事物美好、不美好、善的、不善的，能坦
誠面對接觸它時的知覺、真意

美好：常與「身慾」有關

善：常與「心性」有關

小人閒居為不善：小人獨處時做不善的事

無所不至：什麼事都做的出來

見君子而后厭然：遇到君子之後躲躲閃閃（心虛）

揜其不善而著其善：來掩避他做的不善，而做善事給人看

人之視己：別人看到了他

如見其肺肝然：就好像看到了他內心深處的秘密

則何益矣：這有什麼益處呢

此謂誠於中：這就是誠意自然在心中

形於外：形體一定要將他表現在外

故君子必慎其獨也：所以君子在獨處的時候，必要小心謹慎
　　避免物逸而趨美好不善

- - - - - - - - - - - - - - - -

1. 小人見到君子會閃躲，表示他知道何謂美好？何謂
　不善？知美好不善而為，善而不美好不為，故閃躲也
　（心知而自然表現閃躲，無法自控）

2. 他人見小人為何如見其肺肝，因其閃躲推斷之！

3. 美好之事人之好逸惡勞所致，在自己一人時，雖無人看
　見，也自己心裏有數，當君子談及藏於與心中相同的論
　點時，也就會有閃躲表現，人們看到，也就知道了！

善事 （對的事）	美好的	（人們會去做）	
	不美好的	（獨自時，可能不去做）	慎獨時必須注意的
不善之事 （不對的事）	美好的	（獨自時，可能去做）	
	不美好的	（人們不會去做）	

曾子曰：曾子說

十目所視：為十個人的眼睛所注視著

十手所指：為十個人的指頭所指點著

其嚴乎：慎獨是嚴格的嗎

  和慎獨比起來，那個嚴厲呢

富潤屋：富能裝飾房屋

德潤身：德能修導舉止態度

心廣體胖：心中坦蕩寬廣，體態自然安適舒暢

故君子必誠其意：所以君子一定要坦誠自己真意

- - - - - - - - - -

1. 其嚴乎
   - 「其」當「慎獨」解：慎獨是嚴格的嗎（慎獨很難做到嗎）
   - 「其」當「眾人」解：眾人的作為會嚴厲嗎
   - 「其」當「豈是」解：豈是嚴重而已（還有深層意思）→時時刻刻擔心自己獨處時的小人行徑被發現
   - 「其」當「難道不是」解：難道不是很可怕的嗎？（將嚴重的深層意思點出）

2. 以財富裝飾整修房屋，就好像用德行來涵養陶冶身心（滋潤修養身體）

誠意之後來做慎獨的工夫；即慎獨是小心注意勿觸及
誠意中對己不善之行為（不管美好與否）

八、傳之七章　釋正心修身

所謂俯身在正其心者：談到修導舉止態度（行為表現），
要先以端正心思為基礎

身有所忿懥：身體有發怒的舉止態度（行為表現）
則不得其正：就是心思沒有端正

- -

有所恐懼：有害怕畏縮的舉止態度（行為表現）
則不得其正：就是心思沒有端正

- -

有所好樂：有貪好喜樂的舉止態度（行為表現）
則不得其正：就是心思沒有端正

- -

有所憂患：有憂慮患失的舉止態度（行為表現）
則不得其正：就是心思沒有端正

- -

將「修身」釋為「舉止態度」（行為表現），是因「心
思」是藉由身體將心理的狀態表現出來的一種方式。心受
身之限制，在無能為力時，就會被蒙蔽。
不將「修身」釋為「修養品性」，是因「品性、德性」本
身為「明德」不用修養，要修養的是久受身體蒙蔽而致無
法受內心控制的「心性」（由「行於外」察知內部的偏差

來修改之，使其「誠於中」）

如同人之駕車；善開車者，人車合一，得心應手

　　　　　　不善開車者，車行駛方向不如人願

上例中：可將人喻為心，將車喻為身

心不在焉：心思若不在正確的位置

　　或「不用心」

視而不見：看就看不見外在事物

　　或「不見其內在含意」

聽而不聞：聽就聽不到外在聲音

　　或「不聞蘊含的弦外之音」

食而不知其味：吃就吃不出食物的味道

　　或「不知食物之真味」

此謂脩身在正其心：這就是修導舉止態度要先端正自己心思

此章起由物轉人

九、傳之八章　釋修身齊家

所謂齊其家在脩其身者：所謂齊整家族，要先修導自己舉止態度（行為表現）

人之其所親愛而辟焉：人們對於自己所親近、喜愛的會有所偏向

之其所賤惡而辟焉：對於自己所輕賤、厭惡的會有所偏向

之其所畏敬而辟焉：對於自己所畏懼、欽敬的會有所偏向

之其所哀矜而辟焉：對於自己所哀傷、憐惜的會有所偏向

之其所傲惰而辟焉：對於自己所驕傲、怠慢的會有所偏向

故好而知其惡：所以對於喜好而知道它的壞處的
惡而知其美者：厭惡而知道它的好處的
天下鮮矣：天下間，很少有這種人

故諺有之曰：因此諺語有句話說
人莫知其子之惡：人們不知道自己子女的壞處
莫知其苗之碩：不知道自己農作物長得壯大

此謂身不脩：這就是舉止態度（行為表現）不能修導產生偏向
不可以齊其家：不能齊整家族的道理

十、傳之九章　釋齊家治國

所謂治國必先齊家者：所謂治理國家一定要先齊整自己家族的意思
其家不可教：就是自己家族的人都不能教化
而能教人者：而能夠教化別人的
無之：沒有這種事的

故君子不出家：所以君子可以不離開家族
而成教於國：而他的影響力可以成就教化整個國家
孝者：在家（族）對長輩能孝敬

所以事君也：也就有能力侍奉一國的君王

弟者：在家（族）對兄長能恭悌
所以事長也：也就有能力服侍別的長者

慈者：在家（族）對晚輩能慈愛
所以使眾也：也就有能力讓群眾聽使跟隨

將此處「釋為從家至國」以合上下文之連貫

康誥曰：尚書周書康誥周成王告誡康叔說
如保赤子：如同護育嬰兒般

心誠求之：（只要）心中自然誠意的來做
雖不中：雖然不是做的很完美
不遠矣：但也相差不遠了
未有學養子而后嫁者也：沒有人先學會養育子女之後，才嫁人的啊

謂世上不是任何事都可以事先做好準備（或先預習）再去做；只要如同「護育嬰兒般」盡心努力，結果就相差不遠了

一家仁：一家族（皇族）具有仁愛心
一國興仁：一國也會興起仁愛

一家讓：一家族（皇族）具有謙讓心

一國興讓：一國也會興起謙讓

一人貪戾：（君王）一人貪婪暴戾

一國作亂：一國就會作亂（最終推翻暴政）

其機如此：它的關係就是（如上）這樣

此謂一言僨事：這就是（君王）一句話能敗壞事情

一人定國：（君王）一個人能安定國家的道理

堯舜帥天下以仁：堯舜用仁愛統治天下

而民從之：人們就跟著仁愛

桀紂帥天下以暴：桀紂用殘暴統治天下

而民從之：人們就跟著殘暴

其所令反其所好：君王的命令和君王自己所喜好做的相反

而民不從：那麼人們就不會聽從了

是故君子有諸己：所以君子自己經做到了

而后求諸人：再來要求別人

無諸己：自己做不到

而后非諸人：也就無法要別人做到了

所藏乎身不恕：自己本身隱藏著不合恕道行為

不合恕道行為，如：應該是「嚴以律己，寬以待
人」，變為「嚴以律人，寬以待己」

而能喻諸人者：而要能喻示教化別人的

未之有也：這是從來沒有的事

- -

故治國在齊其家：所以治理國家要以齊整家族為基礎

- -

在一個家族內，做好了齊整工作，其他的人看到了，因其
行為確實而加以效法，也就能使整個國家治理好

詩云：詩經周南桃夭說

桃之夭夭：桃花柔嫩美麗

其葉蓁蓁：樹葉茂盛可愛

之子于歸：就像那年輕貌美的姑娘出嫁了

宜其家人：和夫家相處合宜安樂

- -

宜其家人：和家族的人相處合宜安樂

而后可以教國人：然後才可以教化感召國人

- -

詩云：詩經小雅蓼蕭說

宜兄宜弟：相處合宜安樂如兄弟

- -

宜兄宜弟：（和家族的人）相處合宜安樂如兄弟

而后可以教國人：然後才可以教化感召國人

詩云：詩經曹風鳴鳩說

其儀不忒：儀態毫無差錯

正是四國：正足以做為四方表率

其為父子兄弟足法：（在家族中）做為父母、子女、兄姐、弟妹都能身分扮演合宜，足以讓人作為榜樣

而后民法之也：然後人民也就會效法他了

此謂治國在齊其家：這就是治理國家，要先齊整家族的道理

十一、傳之十章　釋治國平天下

所謂平天下在治其國者：平定天下，要先治理好國家

上老老而民興孝：在上位的尊敬老人，一國的人民就會興起孝道。（人民之中就會盛行孝敬）

上長長而民興弟：在上位的尊重長輩，一國的人民就會興起恭悌。（人民之中就會盛行恭悌）

上恤孤而民不倍：在上位的救濟（體恤）孤兒，一國的人民就不會背叛。

是以君子有絜矩之道也：這是因為君子具有衡量所作所為是否符合「良心」標準的方法。

所惡於上：討厭在上位的人之作為

毋以使下：就不要用相同方法（作為）對待下位的人

所惡於下：討厭在下位的人之作為

毋以事上：就不要用相同方法（作為）對待上位的人

所惡於前：討厭前面（前輩者）的作為

毋以先後：就不要用相同方法（作為）對待後面（後進者）

所惡於後：討厭後面（後進者）的作為

毋以從前：就不要用相同方法（作為）對待前面（前輩者）

所惡於右：討厭在右者的作為

毋以交於左：就不要用相同方法（作為）對待左者

所惡於左：討厭在左者的作為

毋以交於右：就不要用相同方法（作為）對待右者

此之謂絜矩之道：這就是衡量作為符合「良心」標準的方法

總之，己所不欲，勿施於人（從修身延伸至此）

為人之君，更應注意這一點

君王的絜矩道

詩云：詩經小雅南宥台說

樂只君子，民之父母：人民以禮樂娛樂那些待他們如同父母般愛護他們的君子

民之所好好之：人民所喜好的、有利的，喜好並給與他

對人民有好處的，給他們好處

民之所惡惡之：人民所討厭的、有害的，討厭並消除它

對人民有壞處的，為他們除掉

此之謂民之父母：這就是所謂「人民的父母」

詩云：詩經小雅節南山

節彼南山：那高大的南山

維石巖巖：峭壁險峻

赫赫師尹：（如同）顯赫太師尹氏

民具爾瞻：人人都注視著您

有國者不可以不慎：統治邦國的人不可以不謹慎

國君為大眾的眼光所注視的焦點

辟，則為天下僇矣：處事有偏向，就會為天下人唾棄招來殺身之禍

詩云：詩經大雅文王說

殷之未喪師：殷朝還沒喪失民心的時候

克配上帝：是因為能夠配合上天旨意

儀監於殷：而上天對殷朝亦像在面前監督般

峻命不易：可以得到民心，即便配有偉大的使命，這是不能改變

道得眾則得國：道理就在；得到群眾（擁護），就得到國家

失眾則失國：失去群眾（擁護），就失去國家

教導君王待民的重要。說明人民是國之組成要件

君王的民心觀

是故君子先慎乎德：所以君子（君王）最先謹慎將自己德性闡明

　　慎己德

有德此有人：自己有美德才會得到人們的擁護

　　得民心、得人助

有人此有土：有了人們的擁護，土地才能獲得開墾

　　拓荒土

有土此有財：有了土地的運用，財物才應蘊而生

　　生財物

有財此有用：有了財物的產生（賺取），才有便民的需用

　　利民用、回饋之財

德者，本也：善良的德性，是根本

財者，末也：財物的賺取，是末端

外本內末：若君王是為賺取財物而來顯其德性

爭民施奪：就是和人民爭取利益掠奪財物

是故財聚則民散：因此，財物聚於君王，人民就離散

財散則民聚：財物散落給人民，人民就歸附

　　一般人見利思遷，利之所至，趨之所向。

是故：這也就是

言悖而出者：講出不正當、不合理的話

亦悖而入：也就會得到不正當、不合理的回應

貨悖而入者：貨物不正當、不合理的獲得

亦悖而出：也就會不正當、不合理的喪失

以一般日常發生的事，可得例證之

君王的財德觀

康誥曰：康誥說
惟命不於常：天命不會始終如一的
道善則得之：這是說實行善的就會得到天命
不善則失之矣：實行不善的就會失去天命

楚書曰：楚昭王時的史書說
楚國無以為寶：楚國沒有什麼可以值得做寶物的
惟善以為寶：只是把善當做寶物

　　楚國不寶珠玉，寶善人。

舅犯曰：狐偃說
亡人無以為寶：流亡在外的人沒有什麼可以當寶物
仁親以為寶：要把仁愛親族當作寶物

君王應行仁政，慎己德

君王的擇寶觀

秦誓曰：尚書周書秦誓說
若有一個（个）臣：假若有一個臣子
斷斷兮，無他技：真誠一心，沒有其他技能

其心休休焉：然而一心向善

其如有容焉：心中寬大能容納別人

人之有技，若己有之：別人擁有技能，就好像自己有技能

人之彥聖，其心好之：別人才德兼美，自己內心真誠喜好他

不啻若自其口出：心中和口裡說的沒有不同

實能容之：實在是能容納別人

以能保我子孫黎民：這樣，也就能保護我的子孫百姓

尚亦有利哉：對我也是有利啊

人之有技，媢嫉以惡之：別人擁有技能，就忌妒，非常討厭他

人之彥聖，而違之俾不通：別人才德兼美，就阻礙、抑制他，使他不被重用（不能出頭）

實不能容：實在不能容納別人

以不能保我子孫黎民：這樣，也就不能保護我的子孫百姓

亦曰殆哉：這也太危險了吧！

- -

唯仁人放流之：只有具有仁德心的人會將這種人放逐遠處

迸諸四夷：讓他遠退到四夷居住的邊荒遠界

不與同中國：不和他一同在中國內並存

此謂惟仁人為能愛人，能惡人：這就是說只有具有仁德的人可以做到能夠愛人，也能夠厭惡人

- -

心胸寬大，人之有之若己有，則能人盡其才。

君王的知人善任

見賢而不能舉：發現賢人不去任用

舉而不能先：任用而不能對他尊重（重視）

　　　不能及早任用

命也：這是只會說不會做的君王

　　　這是輕慢賢人

見不善而不能退：發現不善的人而不能罷退

退而不能遠：罷退而不能將他驅逐到遠方

過也：則自己的許多過錯將受到蒙蔽

　　　這是放縱不善者

好人之所惡：喜好眾人所討厭的

惡人之所好：討厭眾所喜好的

是謂拂人之性：這是違背人的本性

菑必逮夫身：災禍一定落在自己身上

是故君子有大道：因此，君子有大道

必忠信以得之：一定是用忠誠信義去得到它

驕泰以失之：也一定會因驕縱高傲、奢侈放肆而失去它

「舉直錯諸枉」才可得民心，令人心服

君王的親忠臣遠小人

生財有大道：生聚財物有方法

生之者眾：生財的人多

食之者寡：耗財的人少

為之者疾：謀財（做物）的人勤奮（快）

用之者舒：用財（損物）的人節儉（慢、舒緩）

則財恆足矣：那麼財物就會永久充足了

仁者以財發身：從自身德性做起而終獲得財物，這是仁者

不仁者以身發財：為了求財原因來修身，終得不仁之名

未有上好仁：從來沒有在上位者好仁

而下不好義者也：在下位都不好義的

未有好義：從來沒有（在下位）好義者

其事不終者也：他做的事不能完成的

未有府庫財：從來沒有府庫裡的財物

非其財者也：不是君王所擁有的

君王的納財法

孟獻子曰：魯大夫仲孫蔑說

畜馬乘：畜養四匹馬拉車的人

　　　初作大夫官的人

不察於雞豚：不應該注意養雞豬者之利益

伐冰之家：喪祭用冰保存遺體的家族

　　　卿大夫

不畜牛羊：不去畜養牛羊

百乘之家：官做到有百輛車乘地位

　　　諸侯

不畜聚斂之臣：不收養聚斂民財的家臣

與其有聚斂之臣：與其有聚斂民財的家臣

寧有盜臣：寧願有偷盜自己府庫錢財的家臣

此謂國不以利為利：這是說國家不應以財物為利益

以義為利也：應以仁義為利益

長國家而務財用者：君王統治國家而致力在財物上

必自小人矣：這必是小人的主意

彼為善之：君王以為小人是好人

小人之使為國家：然而小人如果治理國家

菑害並至：天災人禍都將一起來到

雖有善者：雖然有賢臣

亦無如之何矣：也將無法挽救了

此謂國不以利為利：這就是國家不應以財物為利益

以義為利也：應以仁義為利益的道理

君王的納財不與民爭利

大學釋文完

新詩欣賞（二）
賞片竹兒（竹海風景區）

晨曦點燈霧濛濛，鳥兒喚日隱星空。
明鏡翼賞，望向窗櫺，清風陣陣促行囊。
浸漬花兒香濃，唏呼長歎，雀蜂欲工亦難埋深愛植心中。
晷晷落石庭前分，差肩穿梭客紛紛，謂曰樂在迎朋。

談笑咬詞兒興沖沖，話題左右似水逢。
竹兒片片，虛心能容，傍走越過山兒的巔峰。
撬頭望，日已中，親切喚著勿匆匆。
停腳步，探腑萌，原是忘心山水空。
筍頭「喀喫」不絕耳，低頭瞠目不見蹤。
只見對面兒嘴角微笑，深吸拍肚…喔！未曾逢。

向晚夏日秋意上，抹去淡妝閒味淡。
明燈盡放，仰頭怯看，不如高掛側身伴。
意遊回首深夜，躊躇滿面，沉魚掩面亦難擋歡喜現容顏。
半夢半醒著實現，仙子聚眾離別宴，揖他日再相見！

前部
禮記「學記」原文

發慮憲。求善良。足以謏聞。不足以動眾。就賢體遠。足以動眾。未足以化民。君子如欲化民成俗。其必由學乎。

玉不琢。不成器。人不學。不知道。是故古之王者。建國君民。教學為先。兌命曰。念終始典于學。其此之謂乎。

雖有嘉肴。弗食。不知其旨也。雖有至道。弗學。不知其善也。是故學然後知不足。教然後知困。知不足。然後能自反也。知困。然後能自強也。故曰。教學相長也。兌命曰。學學半。其此之謂乎。

一、古之教者

古之教者。家有塾。黨有庠。術有序。國有學。比年入學。中年考校。一年視離經辨志。三年視敬業樂群。五年視博習親師。七年視論學取友。謂之小成。九年知類通達。強立而不反。謂之大成。夫然後足以化民易俗。近者說服。而遠者懷之。此大學之道也。記曰。蛾子時術之。其此之謂乎。

大學始教。皮弁祭菜。示敬道也。宵雅肄三。官其始也。入學鼓篋。孫其業也。夏楚二物。收其威也。未卜禘。不視學。游其志也。時觀而弗語。存其心也。幼者聽而弗問。學不躐等也。此七者。教之大倫也。記曰。凡學。官先事。士先

志。其此之謂乎。

大學之教也。時教必有正業。退息必有居學。不學操縵。不能安弦。不學博依。不能安詩。不學雜服。不能安禮。不興其藝。不能樂學。故君子之於學也。藏焉。脩焉。息焉。游焉。夫然。故安其學而親其師。樂其友而信其道。是以雖離師輔而不反。兌命曰。敬孫務時敏。厥脩乃來。其此之謂乎。

二、今之教者

今之教者。呻其佔畢。多其訊言。及于數。進。而不顧其安。使人不由其誠。教人不盡其材。其施之也悖。其求之也佛。夫然。故隱其學而疾其師。苦其難而不知其益也。雖終其業。其去之必速。教之不刑。其此之由乎。

大學之法。禁於未發之謂豫。當其可之謂時。不陵節而施之謂孫。相觀而善之謂摩。此四者。教之所由興也。發然後禁。則扞格而不勝。時過然後學。則勤苦而難成。雜施而不孫。則壞亂而不脩。獨學而無友。則孤陋而寡聞。燕朋。逆其師。燕辟。廢其學。此六者。教之所由廢也。

君子既知教之所由興。又知教之所由廢。然後可以為人師也。故君子之教喻也。道而弗牽。強而弗抑。開而弗達。道而弗牽則和。強而弗抑則易。開而弗達則思。和易以思。可謂善喻矣。

學者有四失。教者必知之。人之學也。或失則多。或失則寡。或失則易。或失則止。此四者。心之莫同也。知其心。然後能救其失也。教也者。長善而救其失者也。善歌者。使人繼

其聲。善教者。使人繼其志。其言也。約而達。微而臧。罕譬而喻。可謂繼志矣。

君子知至學之難易。而知其美惡。然後能博喻。能博喻。然後能為師。能為師。然後能為長。能為長。然後能為君。故師也者。所以學為君也。是故擇師不可不慎也。記曰。三王四代唯其師。此之謂乎。

三、凡學之道

凡學之道。嚴師為難。師嚴然後道尊。道尊。然後民知敬學。是故君之所不臣於其臣者二。當其為尸。則弗臣也。當其為師。則弗臣也。大學之禮。雖詔於天子。無北面。所以尊師也。

善學者。師逸而功倍。又從而庸之。不善學者。師勤而功半。又從而怨之。善問者如攻堅木。先其易者。後其節目。及其久也。相說以解。不善問者。反此。善待問者。如撞鐘。叩之以小者則小鳴。叩之以大者則大鳴。待其從容。然後盡其聲。不善答問者反此。此皆進學之道也。

記問之學。不足以為人師。必也聽語乎。力不能問。然後語之。語之而不知。雖舍之可也。

良冶之子。必學為裘。良弓之子。必學為箕。始駕馬者反之。車在馬前。君子察於此三者。可以有志於學矣。

四、古之學者

　　古之學者。比物醜類。鼓無當於五聲。五聲弗得不和。水無當於五色。五色弗得不章。學無當於五官。五官弗得不治。師無當於五服。五服弗得不親。君子曰。大德不官。大道不器。大信不約。大時不齊。察於此四者。可以有志於學矣。三王之祭川也。皆先河而後海。或源也。或委也。此之謂務本。

　　學記原文完

後部
「學記」讀後心得
白話注釋

發慮憲（發慮以憲）：依照律法深刻思考，來規範行為舉止
　　憲：釋為「法」

求善良（求善以良）：依照良知明辨善惡，來達到善心善行

足以諛聞：這種方式可以漸進的來修身（規範自身），而這種行徑（成果）也會讓自己小有名聲
　　諛：釋為「小」

不足以動眾：不過它無法感動大眾，讓大眾因此而依循效法

- -

就賢體遠：虛心謙躬、禮賢下士；深層思考、體諒他人作為
　　遠：釋為「深」、「多」

足以動眾：這種方式可以感動大眾。（不過它是一時的，無法長久）

未足以化民：還不足以感化人民。（除去自身的惡習的）

- -

君子如欲化民成俗：君子如果想要教化人民成就善良的風俗習慣

其必由學乎：就必定要從「學習」開始。
　　即今日之「教育」（並實作）

- -

玉不琢：玉不經過雕刻琢磨

不成器：不能成為器物

人不學：人不經過深思學習（並實作）

不知道：不能了解道義

是故古之王者：因此，古時候具有王者之風

建國君民：能夠建立國家，成為人民的君王者

教學為先：最先都是從學習（並實作）指導而開始的

  例：有巢氏→構木為巢→避風雨、生命安全

   燧人氏→鑽木取火→生熟飲食改變

   伏羲氏→飼養家畜（畫八卦）→探索未知

   神農氏→播種五穀（嚐百草）→健康

兌命曰：殷高宗時宰相傅說告戒曰

念終始典于學：若曾經有腸枯思竭、曾經有無思緒無條理的念頭出現時，就是新的學習（並實作）的開始。

  上述注釋斷句：念終，始典于學

其此之謂乎：就是這個道理啊！

雖有嘉肴：雖然有美味菜肴

弗食：不吃（不食用）

不知其旨也：就不知道它所謂美好的甘旨真味為何

雖有至道：雖然有至理道學

弗學：不學（不去學習實作）

不知其善也：就不知道它所謂道理中止於至善為何

是故學然後知不足：因此，學習（並實作），然後才能知道學無止境，而不自大、自滿

教然後知困：教授指導，然後才能知道自己所學習而形成的觀念認知仍存有困惑、尚未解開的疑慮部分

知不足：知道「學無止境」

然後能自反也：然後才能自我反省。（是否自大、自滿而停止學習）

知困：知道自己困惑之處

然後能自強也：然後才能針對疑慮部分自我加強

故曰：所以說

教學相長也：教授指導與學習實作能交互的助益來增長「智慧」

> 學後→知不足→不自大、自滿→可以鋪設（拓寬）學
> 　　習的道路
> 教後→知困→能針對困惑補強→可以修理（解決）學
> 　　習的坑洞（阻礙）

在教學的過程中，有些人會因為自己時常在指導別人，很少聽取其他人的意見，因此而使自己成為「自以為是」的人，又有人會因為自己為老師、指導者，以先知的身分自居，對於自己不知道、不清楚的事隨意帶過，而不去尋找真正的解答。

所以

「知困」：可說是對所謂「才學」、「知識」的求

取，屬於外在的修飾。

在指導時，對於自己無法教導的事物，一般指導者都能對於此部分加強。也因而可以「自強」，但是若無知不足，則易導致於「妄尊自大」，「自以為是」而無法無天了！

　　＊較易達到「知困」而自強。

「知不足」：則是對「內心」的自我修養、反省改進的原動力，屬於內在的修養。

有了這知不足，才可能像孔子般的「入太廟，每事問」「十室之邑，必有忠信如丘者焉，不如丘之好學也」！也才能像蘇格拉底的自覺無知、愛智而為有智慧的先哲

　　＊較難達到「知不足」而自反。

兌命曰：殷高宗時宰相傅說告戒曰

學學半：教後能明白自己的困惑之處，學後也能明白自己的不足之處。然而，可以輕易的對自己有所助益的，卻是「知不足」、「知困」二者助力中的「知困」這一半

或可說對自己要有「一半是學生（知不足）、一半是老師（知困）」的認知

其此之謂乎：就是這個道理啊！

一、古之教者

古之教者：古時候的教學制度（學校設置）

家有塾：二十五家，設立塾學

黨有庠：五百家為黨，設立庠學

術有序：12500家為術，設立序學

國有學：中央都城，設立國學

比年入學：每一年招收新生

中年考校：隔年（間隔一年）實施學生的考核

　　　　　　（因此考核時間為一、三、五、七、九年）

一年視離經辨志：第一年考核視察，看看是否可以對經書加以斷句，知道自己喜愛哪一類的經典，志趣為何？

> 「辨志」、「敬業」代表相同意義，其差別在其深度、廣度不同

三年視敬業樂群：隔一年後，第三年再考核視察，看看是否已經從自己志趣的經典中體會敬慎學業，並從而喜愛廣泛涉取新知

> 「樂群」、「博習」代表相同意義，其差別在其深度、廣度不同

五年視博習親師：隔一年後，第五年再考核視察，看看是否已經廣博的學習，並喜愛向老師請教、請益

> 「親師」、「論學」代表相同意義，其差別在其深度、廣度不同

七年視論學取友：隔一年後，第七年再考核視察，看看是否已經可以和老師討論學問，並於這些一同討論的師生中，找到志同道合的朋友、同好

謂之小成：如果都能通過考核視察，就可說在學習上小有成就

九年知類通達：隔一年後，第九年再考核視察，看看是否已經了解義理分類、通達無礙並可觸類旁通。

強立而不反：並且只有在外力的脅迫環境下，仍不會違逆
　　　　　　　（所謂「造次必於是，顛沛必於是」）

謂之大成：這種情況下才可說在學習上「大有成就」了

夫：如此

然後足以化民易俗：然後才足以能夠教化人民改變舊有風俗

近者說服：近身跟隨在側者，喜愛與他親近，並心悅臣服

而遠者懷之：而讓遠方無法在身邊的人，能常懷念他

此大學之道也：這和「大學」一書所談的道理相同啊
　　　　大學道理（「格物、致知、誠意、正心、修身、齊
　　　　家、治國、平天下」）

記曰：就如同古籍所說

蛾子時術之：這與子蟻可以將遙遠地方的食物搬運回家的（天賦）能力相同啊

其此之謂乎：就是這個道理啊

大學始教：開始教導大學的學問時

皮弁祭菜：（事）齊整衣物，祭先師以菜食

示敬道也：（志）以彰顯對道學的敬重。並從中能體會敬重道業的態度

- -

宵雅肄三：（事）誦習小雅中的三篇鹿鳴、四牡、皇皇者華

鹿鳴：君宴群臣之詩

四牡：君慰勞使臣歸國之詩

皇皇者華：君送臣出使之詩

官其始也：（志）以彰顯君王（長者）之德行。並從中體會為官者（晚輩）所應盡之責及作為

- -

入學鼓篋：（事）進入學校參訪藏書豐富的書櫃

孫其業也：（志）以彰顯學習範圍的廣博浩瀚。並從中了解應謙遜學習，敬守本分。

- -

夏楚二物：（事）種植山楸（山榎、茶樹）荊棘二種植物

收其威也：（志）以彰顯所有學習者的身分皆平等，德之不修無人親近。並從中學習收斂身心，以合禮義法治。

> 夏楚二物，以編者之解讀一為「藤條」（藤蔓）、一為「荊棘」，雖然兩者皆可製成鞭笞學生的工具。然而，以此來訓斥學生，將會落入孔子所謂的「道之以政，齊之以刑」。
>
> 故編者認為，應該依觀察這兩種植物的不同來解釋。
>
> 如下：

『與人對待相處的學習應該要由如同將荊棘（表面帶刺，針鋒相對，難以相處…）表面的針刺收斂磨光，而成為藤蔓（表面光滑）的圓滑。』

未卜禘。不視學：（事）尚未到夏季禘祭時節，不考察學生學習成果

游其志也：（志）以彰顯學習時具有彈性的時間、空間。並可從多方的志向中去游移探索

時觀而弗語：（事）時時給予學生觀察而不告知解答

存其心也：（志）以讓學生用心體會。並從而學習言語、文字外的事理、境界。

幼者聽而弗問：（事）令年幼者聆聽時勿事事發問

學不躐等也：（志）讓其不會越級學習。並從而知長幼順序，學習能循序漸近、建立信心。

此七者：這七項

教之大倫也：是教導中「生活倫常」的大主幹（大綱）

記曰：就如同古籍所說

凡學：從教導所注重學習的重心所在，可以看出培養出的人才最終目標

官先事：培育出為官者，是常注重處理事物的學習。

士先志：培育出才學者，是常注重心志方向的學習。

其此之謂乎：就是這個道理啊！

大學之教也：「大學」平日的指導
時教必有正業：學校依照時間表、時序必須學習正常之課業
　　　　　　　　（書本、言論、理論、抽象、…）
退息必有居學：回家在家期間，必定有居家生活的學習
　　　　　　　　（生活、行動、驗證、實際、…）

不學操縵：平時居學時，不實際來嘗試學習雜弄琴縵
不能安弦：則對書本「樂」中與「弦」相關的知識能否運用產生懷疑，不能充分相信安心學習

不學博依：平時居學時，不實際來嘗試學習廣博譬喻
不能安詩：則對書本「詩」中的用法將與真實性產生懷疑，不能充分相信安心學習

不學雜服：平時居學時，不實際依照各場合的不同，穿著合禮的衣物
不能安禮：則對書本「禮」中的說法將無法得到印證，不能充分相信安心學習

不興其藝：若平時不在學習後應用所學到的並將其應用在平日生活產生實用的樂趣
不能樂學：則就不能樂於學習於書本中「虛擬空洞」的言論知識

故君子之於學也：所以君子對於所學習到的知識

藏焉：儲存於心中，隨時驗證

脩焉：其次，隨時的修正，以符合「個人」的認知程度及生活背景

息焉：再者，察知有哪些是不合於自身相關的知識，可將其挑出，平息心中的疑慮

游焉：最後，就可悠游自在，運用自如於所學之中

夫然：因為這樣

故安其學而親其師：所以能安心的學習而喜愛親近老師

樂其友而信其道：喜愛與書本為友，而相信它所闡述的道理

是以雖離師輔而不反：這也就是雖然離開了老師、及學習所應用的輔助教材、工具後，心中不會產生相反、抗拒、不正的心啊

兌命曰：殷高宗時宰相傅說告戒曰

敬孫務時敏：恭敬謙遜勤勉於時時刻刻實際的力行

厥脩乃來：就會發現「修身」的真義為何了

其此之謂乎：就是這個道理啊

二、今之教者

今之教者：今日的老師、指導者

呻其佔畢：有的只是吟誦自己的（竹簡、冊籍）書本，沒

有顧及學生

　　多其訊言：有的說了很多自己認為重要的話語、重點，沒有顧及學生

　　及于數進：這些都是為了要讓學生能有快速成長、進步（實為揠苗助長）

　　而不顧其安：不顧及學生是否安心（是否相信所學、可否運用）

- -

　　使人不由其誠：這種無法令人心悅臣服的役使指導

　　教人不盡其材：就無法在教學時引發來自學生身上不同的才能

　　其施之也悖：指導時，違背了先後順序

　　其求之也佛：要求時，就達不到效果

- -

　　夫然：就是這樣

　　故隱其學而疾其師：所以擔憂學習並怨恨老師

　　苦其難而不知其益也：感覺學問學習的痛苦、困難而不知道它的好處

　　雖終其業：最後雖然完成學業

　　其去之必速：不過丟棄（遺忘）它必然也迅速

　　教之不刑：教學無成效、不成功。

　　其此之由乎：就是這個原因啊

　　大學之法：大學教（指）導方法

　　禁於未發之謂豫：在學習者還未發出不良思想時，即加以

預防，稱為「豫」（預防法）

　　當其可之謂時：在適當機會、狀況下，稱為「時」（機會教育）

　　不陵節而施之謂孫：不超越學習者可接受的認知範圍施教，稱為「孫」（適材法；循序漸進，漸進法）

　　相觀而善之謂摩：相互觀摩學習好的，稱為「摩」（觀摩）

　　此四者：這四項

　　教之所由興也：都是教育者引發學生「興趣」、「興致」的方式

　　發然後禁：當發出（發生）後再來禁止

　　則扞格而不勝：即使強大抗拒力量也難以勝任

　　時過然後學：當時機已過（狀況已失），再來學習

　　則勤苦而難成：即使勤奮苦學，也難以達到原有成效

　　雜施而不孫：雜亂（廣雜）施教而不依順序（可接受範圍）指導

　　則壞亂而不脩：則所學雜亂破碎而難以修整

　　獨學而無友：令其獨自學習而沒有朋友交換意見

　　則孤陋而寡聞：則學識偏鄙而少有見聞

　　燕朋：輕視、蔑視其同黨好友

逆其師：就容易違逆師長

燕辟：輕視、蔑視其偏頗不正的行為

廢其學：就容易放棄學業

> 上述兩句「燕朋逆其師，燕辟廢其學」之釋義，由以
> 學生為主則不合前四句以及「教之所由廢」。故改以
> 師長為主來闡述之！以身為師長、指導者而言，對象
> 之才學已然是較自身為後（以學習、經驗、年齡、…
> 而言），而若無有德性之包容，自己顯出「輕視、蔑
> 視」的態度則如何令人信服。

此六者：這六項

教之所由廢也：都是教育者會讓學生「廢學」的原因啊

君子既知教之所由興：君子已經知道引發學生學習「興
趣」的方式、原因

又知教之所由廢：又知道會讓學生「廢學」的原因

然後可以為人師也：然後就可以成為「人師」了

故君子之教喻也：所以，以君子教人譬喻為例（詩之博依）

道而弗牽：引導而不強迫牽引

（如以項圈強迫綁住之動物般前進）

強而弗抑：激勵增強自信，而不壓抑不同意見、想法

（有動機、思想活躍）

開而弗達：開門、開啟而不給定結論、結果、目標、目的

（即不強制走哪條路到目的地般）

道而弗牽則和：引導而不強迫牽引；就和樂

強而弗抑則易：激勵增強自信，而不壓抑不同意見、想法；就多變

開而弗達則思：開門、開啟而不給定結論、目標；就會思考

和易以思：和樂氣氛有多樣的觀點、意見，配合思考

可謂善喻矣：得到的結論，可以說是「好的譬喻」方式了

學者有四失：一般在學習的人都有四種缺點（迷失、擔心、得失心）

教者必知之：指導者、教師、教者，一定要知道它們

人之學也：當有人在學習的時候（為了要學到所學的精要核心）

以「人生目的」為例

或失則多：有人缺失是要學得很多

（心境：貪多、急躁、重表面多少、…）

為了瞭解人生目的為何，找了很多資料來學習，能充分瞭解嗎？

或失則寡：有人的缺失是學得太少（狹隘）

（心境：鑽研、畫地自限、怕了解不清、…）

為了瞭解人生目的為何，只專研某一方面的知識，能
充分瞭解嗎？

或失則易：有的人的缺失是學習時求速效（求容易、喜愛
多變）

（心境：無恆、投機、好逸惡勞、…）

為了瞭解人生目的為何，找了「命理」「算命」「灌
頂」、…三天、1週、1月、1年就可學好可能嗎，且
能充分瞭解嗎？

或失則止：有人的缺失則是學習時停頓不前

（心境：畏懼、無自信、自甘墮落、…）

為了瞭解人生目的為何，又害怕而自止不前，可能瞭
解嗎？

此四者：這四項

心之莫同也：是學習者，學習的心境不同所造成的

知其心：知道學習者的心境

然後能救其失也：然後才能補救、拯救學習者的缺失

教也者：指導者（老師、教者）

長善而救其失者也：就是增長學習者的長處，補救學習者
缺失的人。（以下方第（3）者的意義較佳）

（1）截取「長處」來補不足之處➡兩者不同屬性如何給予
之？

（2）只增長「長處」，忽略「缺失」➡逃避一時，終有面

　　　　對時，此時即無有作為

（3）全部皆增長，以己之「長處」帶動增長其他的能力→
　　　增己之長，以其自行類化學習

圖示說明

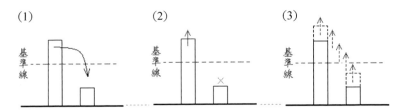

(1)　　　　　　　　(2)　　　　　　　　(3)

基準線

　　善歌者：真正會唱歌的人

　　使人繼其聲：知道如何讓人了解自己的歌聲、喜愛歌唱，
最後從中體會，學習者也因而承續了如何真正唱歌的精髓。

　　善教者：真正會教書的人

　　使人繼其志：知道如何讓人了解自己的志向、邁步向前，
並從中體會，學習者最後也因而承續了如何導引志向的精髓

　　其言也：這兩句話

　　約而達：簡約而道理通達

　　微而臧：淺薄而意義深藏

　　罕譬而喻：譬喻極少而能清楚明瞭

　　可謂繼志矣：即是「繼承」老師的職志了

　　　　（雖然以不同的方式延續，但精神相同）

　　君子知至學之難易：君子知道「致學」的難易度

而知其美惡：又知道學習者會產生的喜好、厭惡之心理

然後能博喻：所以他能夠廣泛的運用、並引用譬喻來說明

能博喻：能夠廣泛的引用譬喻

然後能為師：然後才能成為老師（指導者）

　　具有廣博譬喻的能力，其才學、智識必定達到一定水準。否則認識不清，如何引喻、類舉

能為師：能夠身為老師（指導者）

然後能為長：然後才能成為長輩（長者、長老、…）

　　身為指導者，才能「知困」而自強，並自省而「圓滿」

能為長：能夠身為長輩

然後能為君：然後才能成為有德君子

　　（有德之君子自然會成為君主、領袖、酋長、教宗、…而非依年齡的長幼來論定）

故師也者：所以，身為「老師」

所以學為君也：也是在學習如何成為「有德」的君子啊（指導者所存心態）

是故擇師不可不慎也：因此，選擇老師不能不謹慎啊！

記曰：就如同古籍上所說

三王四代唯其師：三王夏禹、商湯、周武王，虞、夏、商、周四個朝代，只有為師者。（沒有君王）

喻學習成為有德君子，並與之前「是故古之王者…」

相呼應

此之謂乎：就是這個道理啊！

三、凡學之道

凡學之道：在學習的過程中

嚴師為難：將老師視為地位最崇高尊貴的人是很難的。

（因為還有君王、金錢外物、物質引誘、…）

師嚴然後道尊：老師地位崇高，然後道學自然就尊貴受重視

道尊然後民知敬學：道學尊貴受重視，人民就知道要敬慎學習

是故君之所不臣於其臣者二：因此，君王有二種人不稱他為臣子

當其為尸：第一種人是「祭主」

「尸」釋為「死去的人」來說，更顯得老師的尊貴。

如同笑話中，有人誇言說：「我最怕兩個人，一個已經死去了，另一個還沒出生。」

則弗臣也：就不稱他為臣子

當其為師：另一種人是「老師」

則弗臣也：就不稱他為臣子

大學之禮：大學的禮節中

雖詔於天子：雖然以「天子」的身分來詔示、詔告

無北面：亦不會令老師立於臣子所處之位

所以尊師也：就是尊崇老師的意思

善學者：學習能力強者

師逸而功倍：老師輕鬆教學，所得到的功效、成果卻加倍。

又從而庸之：又在老師背後稱誦

不善學者：學習能力不強者

師勤而功半：老師勤苦教學，所得到的功效、成果卻只有一半

又從而怨之：又在老師背後埋怨

善問者：會發問的學生

如攻堅木：就如同砍伐、劈開堅硬的樹木、木材般

先其易者：先從容易的地方著手

後其節目：再處理枝節、聚結成目之處

及其久也：等到久了（時候到了）

相說以解：相互貫通，得以解開

不善問者：不會發問的學生

反此：與此相反

善待問者：會等待時機回答問題的人（老師或同學之間）

如撞鐘：就好像等待被衝撞的「鐘」一般

叩之以小者則小鳴：小力叩撞的，就發出小的聲響回聲（問題小者）

叩之以大者則大鳴：大力叩撞的，就發出大的聲響回聲（問題大者）

待其從容：等到疑問解決後，發現者顯現出從容的神情、心情而不再叩擊時

然後盡其聲：然後才結束聲響

不善答問者：不善於回答問題的人

反此：與此道理相反

此皆進學之道也：這些都是學業進步的緣由

記問之學：只具有背誦、死記的學習學問

　　（強記之學問、或記憶能力強依附記憶能力來「指導」的人）

不足以為人師：不足以成為他人師長

必也聽語乎：最多也只有聽聽學生講講字面上的意義吧

力不能問：在學生能力還無法發問的階段（尚無體會）

然後語之：就要他們發表感言、意見、心得

語之而不知：即使說了，也不是自己的體會、感受、認知、了解

雖舍之可也：捨棄這種「表面」的對話，也是可以的

　　此如同小時候要孩童立志以後要成為…，以後要做…般

良冶之子：優秀的鑄冶者的兒子

必學為裘：必定學習父兄補治破器，耳濡目染，即學會縫
補破衣

良弓之子：優秀的造弓者的兒子

必學為箕：必定學習父兄曲木成弓，耳濡目染，即學會製
作畚箕

始駕馬者反之：小馬開始學習駕車時，讓小馬在馬車之後

車在馬前：車在小馬之前，以學習大馬駕車

君子察於此三者：君子觀察到這三項

可以有志於學矣：就可以立定志向來學習了

四、古之學者

古之學者：古時候的學習者

比物醜類：可以從不同類的學習中，了解其中相同、同類
之理

　　（因為在不同的學習領域中，其真理是相同的）

　　例：詩、書、易、禮、樂→起源是相同的

鼓無當於五聲：鼓聲（節拍）不列在宮、商、角、徵、羽
五主聲之中

五聲弗得不和：然而若沒有鼓聲（節拍），發聲就不和諧了

水無當於五色：水（清而無色）不列在紅、黃、藍、白、黑五原色之中

五色弗得不章：然而若沒有「水」的調和，無法呈現色彩

學無當於五官：學習不列在金、木、水、火、土五種職掌之中

五官弗得不治：然而若沒有「學習」的協調，就無法治理國家

師無當於五服：老師不列在斬衰、齊衰、大功、小功、緦麻五種喪服之中

五服弗得不親：然而若沒有老師的指導，則五服之情不相和親

> 表示沒有鼓、水、學、師，就無法分別將五聲、五色、五官、五服的功能、作用彰顯出來。

君子曰：君子說

大德不官：「德」不列於任一官職上，如鼓、水、學、師般是隱而不現、缺其不可，無有不行。

> 亦即金木水火土五官中、…皆有「德」

大道不器：「道」不列於任一實器上，如鼓、水、學、師般是隱而不現、缺其不可，無有不行。

> 亦即匏土革木金石絲竹八器中、…皆有「道」

大信不約：「信」不列於任一約定（約束）上，如鼓、

水、學、師般是隱而不現、缺其不可,無有不行。

　　　亦即信差、信任、信號、信用、…皆有「信」

　　大時不齊:「時」不列於任一季節上,如鼓、水、學、師
般是隱而不現、缺其不可,無有不行。

　　　亦即春夏秋冬、時運、…皆有「時」

　　察於此四者:觀察、察覺、體會到這四項的人

　　可以有志於學矣:就可以立定志向追求「根本」(人生目
的)了

- -

　　三王之祭川也:三王夏禹、商湯、周武王祭祀百川

　　皆先河而後海:都先祭「河」後,再祭「海」

　　或源也:有的現仍是「源頭」

　　或委也:有的已經乾涸了

　　　(有的已經傳接,原來的源頭已經不再,現今的源頭
　　　是以往的託附)

　　「委」原譯為「聚」之意。本書釋者以「縮」、「託」為意

　　此之謂務本:這些都是所謂的務求根本

　　禮記學記釋文完

新詩欣賞（三）
後園走走（竹山公園）

起身後園走走。

左拿起竹杖，右牽著手。

園內熱鬧，好多的孫兒；

　　　　　嬉笑遠近更甚院樓。

乍看見熟友，問候一聲：

　　　　老趙，進來可好？

　　　　老劉，身體無憂？

談起往事，又是雄儔。

漫步走走，三兩步兒休休。

喘個息兒坐坐。

看著右手，數落著深劃紋皺。

笑著說：老伴醜醜。

摸著胸口，深吸一口。

看看天色，該走！

前部
西銘原文

乾稱父，坤稱母，予茲藐焉，乃混然中處。故天地之塞，吾其體，天地之帥，吾其性，民吾同胞，物吾與也。

大君者，吾父母宗子；其大臣，宗子之家相也。尊高年，所以長其長；慈孤弱，所以幼其幼。聖其合德，賢其秀也。凡天下疲癃、殘疾、惸獨鰥寡，皆吾兄弟之顛連而無告者也。

于時保之，子之翼也；樂且不憂，純乎孝者也。違曰悖德，害仁曰賊，濟惡者不才，其踐形惟肖者也。

知化則善述其事，窮神則善繼其志，不愧屋漏為無忝，存心養性為匪懈。惡旨酒，崇伯子之顧養；育英才，潁封人之錫類。不弛勞而底豫，舜其功也。無所逃而待烹，申生其恭也。體其受而歸全者，參乎，勇於從而順令者，伯奇也。

富貴福澤，將厚吾之生也。貧賤憂戚，庸玉女於成也。存，吾順事；沒，吾寧也。

西銘原文完

後部
「西銘」讀後心得
白話注釋

乾稱父：將乾天稱為自己父親。

坤稱母：坤地稱作自己母親。

予茲藐焉：我是如此渺小。

乃混然中處：存在這乾天坤地混合無界的地方。

故天地之塞：這充滿天地間的填塞物。

吾其體：形成我的身體。

天地之帥：領導天地依序運行的主宰者。

吾其性：形成我的性靈。

民吾同胞：那人民都是我的親兄弟。

物吾與也：萬物都是我的同類。

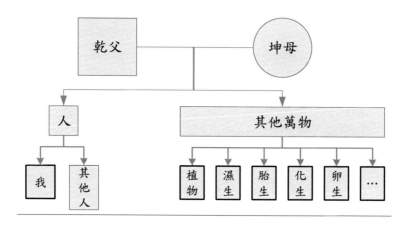

大君者：天子，

吾父母宗子：是我天地父母的嫡長子。

其大臣：大臣，

宗子之家相也：是嫡長子家中幫忙處理家事的人。

尊高年：尊敬年長高齡者，

所以長其長：因為他們先生我於天地間（若吾兄），所以比我年長。

慈孤弱：慈愛弱小無父者，

所以幼其幼：因為他們後生我於天地間（若吾弟），所以比我年幼。

聖其合德：聖人是我的兄弟中德行合乎天地父母的要求，

賢其秀也：賢人是我的兄弟中才德超過其他兄弟的。

凡天下疲癃：天下那衰頹老病。

殘疾：肢體殘缺。

惸獨鰥寡：無兄弟、無子孫、老而無妻、老而無夫者。

皆吾兄弟之顛連而無告者也：都是我那生活困頓，無從訴苦，求助無門的兄弟。

于時保之：對於能養育這些人（上述提及不幸之人）者。

子之翼也：這個人能輔佐天地父母養育（不幸之人）。

樂且不憂：若也能使不幸之人，樂天知命不憂貧賤。

純乎孝者也：才是天地父母最孝順的子女。

違曰悖德：違背天理（不孝父母），就是違逆天地父母的德行。

害仁曰賊：殘害人倫（殺傷兄弟），就是奪取天地父母給

予其他兄弟的天性。

濟惡者不才：助長背天理，害人倫的人，將是沒出息的。

其踐形惟肖者也：依照天地賦予人的體貌來實踐人性，才是和天地父母骨肉相像的人。

知化則善述其事：知道化育（變化）天地萬物的道理，就善於循順這道理，做事必定配合天理。

窮神則善繼其志：窮究了解神靈主宰天地的道理；就善於繼承這道理，立志就不離修養天性。

不愧屋漏為無忝：（做事合天理）對得起家中（西北）偏角的暗房，那就不會做出感到受辱的事。

存心養性為匪懈：（立志合天性）根植心中修養德性，那就不會懈怠。

惡旨酒：討厭美酒。

崇伯子之顧養：要如禹般，以醒澈之心顧養父母。

育英才：培育英才。

穎封人之錫類：要如穎考叔般，以孝親之心感化同類（鄭莊公）。

不弛勞而底豫：不懈怠努力事父而終於使父親由不樂而致樂。

舜其功也：這是舜成就的感化表現。

無所逃而待烹：不逃走而等待死亡。

申生其恭也：這是申生太子恭順父母的表現。

體其受而歸全者：接受父母賜予的身體而能完整歸還的人。

參乎：曾參一類的人吧。

勇於從而順令者：依從父母試練的偏勇而能順從命令的人。

伯奇也：伯奇一類的人吧。

富貴福澤：此世富欲尊貴享福受澤，

將厚吾之生也：是天地厚愛我，使我更加為善。

貧賤憂戚：此世貧窮低賤擔憂戚心。

庸玉女於成也：恐怕是天地要磨鍊你，使你有所成就。

（讓璞玉般的你，琢磨而有成就）

存：生。

吾順事：我順著天理來做事。

沒：死。

吾寧也：我內心安寧無牽掛。

西銘釋文完

全文完

《附錄一》
數學與人生

一、簡述

　　「數學」是由人類古時的先祖們因為需要，「自然」產生、傳承漸而改進而來，每個古老的國家對這門學科，都有其各自的發展；例：

1. 埃及人數碼

埃及數碼	一直畫	牛軛	捲曲的繩	蓮花	手指	蛙或蝌蚪	頂器之神
阿拉伯數字	1	10	100	1,000	10,000	100,000	1,000,000

2. 羅馬數碼

羅馬數碼	I	V	X	L	C	D	M
阿拉伯數字	1	5	10	50	100	500	1000

3. 瑪雅數碼

瑪雅數碼	•	••	•••	••••	—
阿拉伯數字	1	2	3	4	5
瑪雅數碼	•	••	•••	••••	=
阿拉伯數字	6	7	8	9	10
瑪雅數碼	•	••	•••	••••	≡
阿拉伯數字	11	12	13	14	15
瑪雅數碼	•	••	•••	••••	◯
阿拉伯數字	16	17	18	19	20

4. 中國數字

甲骨文	一	二	三	三	五	∧	十
阿拉伯數字	1	2	3	4	5	6	7

甲骨文	）（	九	∣	百	千	萬
阿拉伯數字	8	9	10	百	千	萬

　　上述種種，我們可於坊間找到「數學歷史典故」相關的書籍來研讀，並且可以於其中獲得更多的資料。

二、「1」以為人

　　中國古代的數學家把自然數中的「質數」稱做「數根」，真是有其哲學意義於其中！因為，所有的自然數，我們可以將其分為「質數」「合數」與1，也就是只要給一個、或隨便找一個不是1的數字；假若它不是質數，那它必定就是合數。「合數」是什麼？合數就是合成數，就是幾個質數組合而成的；「質數」又是什麼？質數就是可以整除它的，只有1和自己，也就是用乘法來分解它，只能分成1和自己。例：$2=1\times2=2\times1$，不能用其他的數組成；所以，2就是一個質數。

　　合數之例：$30=2\times3\times5$，是由2、3、5三個質數組成的

　　質數之例：$13=1\times13$，只能分成1、13

　　以構成的方式來說，這個質數就如同是每個數的「構造元素」一般，所有的自然數都要被這「質數」所建造出來，所以稱它為「數根」，可說是相當的貼切。不過，為何編者還說它有何人生意義呢？以下為個人淺見，或可以提供參考之！

若我們將「質數」譬喻為「人」，那麼：

1. 每個質數是不同的，就如同每個人、每個「個體」是不同的，它擁有獨特的特性，相互間也必有個別差異！
2. 每個質數所合成的數是不同的，就如同人們的後代般，可以繁衍接續，且繁衍的數，也必各有其差異！

再者，我們看看每個質數的特性：

從最小的開始

$2 = 2 \times 1$	$3 = 3 \times 1$	$5 = 5 \times 1$	$7 = 7 \times 1$	$11 = 11 \times 1$
$13 = 13 \times 1$	$17 = 17 \times 1$	$19 = 19 \times 1$	$23 = 23 \times 1$	$29 = 29 \times 1$
$31 = 31 \times 1$	$37 = 37 \times 1$	$41 = 41 \times 1$	$43 = 43 \times 1$	$47 = 47 \times 1$
$53 = 53 \times 1$	$59 = 59 \times 1$	$61 = 61 \times 1$	$67 = 67 \times 1$	$71 = 71 \times 1$
$73 = 73 \times 1$	$79 = 79 \times 1$	$83 = 83 \times 1$	$89 = 89 \times 1$	$97 = 97 \times 1$

…

我們來看看它們有什麼相同、有什麼不同？

是的，每一個質數，都會含有一個不同的數「本身」；例：$83 = 83 \times 1$，83就是和別人不相同的「表示」方式。這不就像是每一個人，從「外表」來看，大家都是不同的、大家互異！

是的，每一個質數，也都會有一個相同的數「1」，沒有這個「1」就沒辦法說它是一個質數。而這相同的數「1」又可以代表什麼呢？從中國古文學家張載的文章「西銘」中來詮釋、從中國的「性善」起始而言，這不就雷同於「人」的本性一般，大家都是具有這相同「本性」啊。沒有這個「1」是無法成為這個「質數」的；同理，沒有這「本性」又如何有「人」的存在，單純的「外表」、「軀體」又怎能稱為人呢？

每一個身為晚輩的，在正常的狀況下（無有意外事故），常

會因為長輩的過世而去參與喪禮祭祀，若有機會，或是在瞻仰遺容時，不免仔細的感覺看看。體會看看生者、死者的差異！對編者而言，編者瞻仰完後，常會覺得這軀體與生人並沒有什麼不同，只不過，感覺上似乎欠缺了什麼東西？彷彿是沒有裝上電池的機器人，它無法換上電池！它與一般活生生的人之感覺不同，有點空空的！想想，應該就是欠缺了這個「1」吧！

> 子曰：「參乎！吾道一以貫之。」
>
> 曾子曰：「唯」
>
> 子出，門人問曰：「何謂也？」
>
> 曾子曰：「夫子之道，忠恕而已矣！」
>
> （論語里仁第四－15）

上述這句話的「一」，不就如同質數的「1」！曾子解釋的忠恕－「中心」「如心」談的不也是相同的嗎！

三、意外的「0」

有一個數字，每個數字遇到它，都將消失於無形之中，都將為被它吸收；或是說，都將化為它的一部分。它是具有如此的力量，即使是加以警戒、加以防範。最終，當時機到來時，還是會碰到它，這個數字，就是「零（0）」

一個人都會有突然的狀況，意料之外的事發生，當一個人遇到意外，傷重的不免就要「歸空」，即使是一生平安，到最後，還是免不了要回到原來的原點。

再者，於「數線」上，這「0」不就是所謂的「中庸之道」、圓滿之終結；事先給了一個數字，不管是在「0」的

左方、右方，我們一定可以找到比它更遠離「0」的數。這是「比較」的結果，想要比別人強，「人外有人」之餘就會讓我們的心愈來愈遠離了「0」。

四、善惡產生

一切善惡的根源，是從何而來？這「自然數」1、2、3、4、5、6、7、8⋯原本是一個快樂的樂園，哪知，不知是誰？來了一個「比較的心」將兩個人比了一下，看誰高、看誰低；看誰多、看誰少。舉例而言，7與4比了一下高低、多少 $7-4=3$。這時，7非常的高興，4則非常的傷心，於是4就起了一個反向的心了「$4-7=-3$」，因此，這相對於善(正數)的惡(負數)就產生了。也因此人人要比別人高、別人強，因為他可以位於別人之上。只是這些一直要在別人之上的人，要比別人強，這是永無止境的啊！這「一山還有一山高，何處是盡頭呢？」最可悲的是，它將離「1」愈來愈遠了！

由此觀之，我們就可以理解為何孔子老是稱讚顏回這個學生了，因為當兩個人產生比較心的時候，下位的人總是不適、不歡、不樂，而有所謂的「別人騎馬我騎驢，仔細思量我不如，回頭又見推車漢，比上不足下有餘」的方式來譬喻「知足」。不過，這推車漢的心情又要比誰呢？而「顏回」就是甘於最下方讓人來比較的啊！「一簞食、一瓢飲」他讓每一個人都比他高，比他上面，甘願位於在最下位的顏回卻不因此而心情不好，他「不改其樂」這是因為他了解，在這個最低的地方，是最接近1、最接近0的地方啊！

五、念的影響

整數的乘法中，可以說明為何要「轉念」，以及「轉念」的重要，如何說呢？待編者娓娓道來。

（一）整數乘法的結論

常用的說明方式：利用「水庫水位」的升降變化方式來解釋。

水位變化量 (升為+，降為-)	天數 (前為-，後為+)	與「現在」比較	結論
每天下降 4 公分　(-4)	5 天後　5	水位為下降 20 公分　-20	負正得負
每天上升 4 公分　4	5 天後　5	水位為上升 20 公分　20	正正得正
每天下降 4 公分　(-4)	5 天前　(-5)	水位為上升 20 公分　20	負負得正
每天上升 4 公分　4	5 天前　(-5)	水位為下降 20 公分　-20	正負得負

而得到的結論是「負正得負」、「正正得正」、「負負得正」、「正負得負」這四種不同先後順序的結果，最後得到兩種「正」「負」結果。若只是在數字上做這演練，亦很難看出有什麼「道理」於其中！

我們在此，再將其使用圖示再說明一次，最後再來說明與「念」的關係吧！

（二）對未來的預測

從今天開始，每天存8塊錢，則30天後，共存有多少錢？這是「累積」的，所以共8×30=240元，這240元的意思是：每天存8元，30天後會比今天多了240元。以今天為基準，比今天多，故為「正」這也是國小範圍所學的「正整數」。

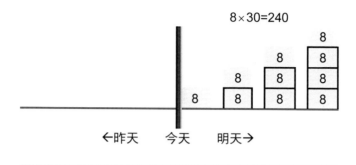

←昨天　　今天　　明天→

- -

　　從今天起，每天花5元，則30天後，共花了多少錢？這也是「累積」的問題，花5元為（-5），所以，（-5）×30=-150元，這-150元的意思是：每天花5元，30天後會比今天少150元。以今天為基準，比今天少，故為「負」。

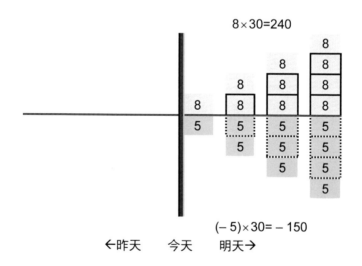

（－5）×30＝－150

←昨天　　今天　　明天→

(三)對過去的推演

　　同樣是每天存8元，推演到20天前的狀況，那不就是8×（-20）＝-160元，也就是，以今天為基準，20天前比今天少，

故為「負」。

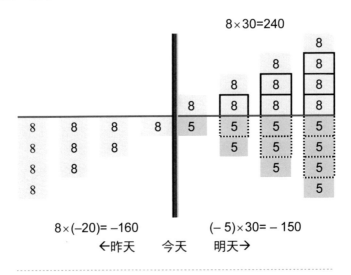

同理，每天花5元，倒推到了20天前的狀況，那必定要比現在還有錢才可以花啊！那不就是（-5）×（-20）＝100元，也就是，以今天為基準，20天前比今天多，故為「正」。

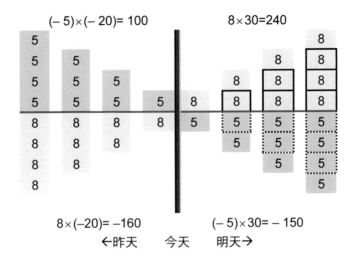

（四）念的影響

　　當我們取前後20天，花錢、存錢都是5元時，我們再來看看。

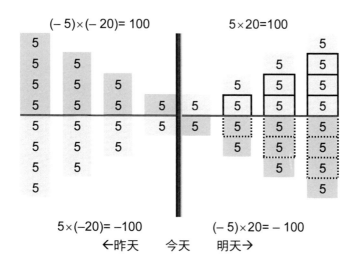

$$(-5)\times(-20)=100 \qquad 5\times20=100$$

$$5\times(-20)=-100 \qquad (-5)\times20=-100$$

←昨天　　今天　　明天→

　　這時以下方的式子來說，$5\times(-20)=100$；$(-5)\times20=100$兩者的值也是相同的。

　　亦即是，當我們過去20天每天存了5元，直到今天。倘若今天覺得對過去存錢的辛苦不值得，光就想要花錢的「心情」、「念頭」顯現了，不就是等於未來花了20天的錢一樣多嗎？那不就是又回到了沒有積蓄、沒有存錢一般！

　　所以，為何說要「轉念」，當我們「行善」之時，亦是「向上」、「向善」累積了好多、好多的事蹟（如上圖中左下方的淺藍色部分）；然而，心中起了不好的念頭時，這與未來「向下」有何不同呢（右下方橙色部分）！「轉念」可以讓

尚未附諸行動的「未來」得以改變；也就是可以不讓原本是在「淺藍色的部分」轉而成為「橙色部分」的走向。否則，此刻受到心境的影響，漸漸向下，未來不僅會有回到等值之處，而且這漸漸向下的習性一旦養成，倘若要再翻身，恐怕不是如此的容易，這不是讓之前所做的「上」、「善」白費了嗎！

同樣的道理，以上方的式子來說，（-5）×（-20）＝100；520＝100兩者的值是相同的。

當過去每天都會花些小錢的習慣，在今天開始有了「存起來」的心情，想將未來要花的錢留存，那不是等於是一個轉折點(由橙轉藍)嗎？雖然尚未實現，而這心境的引力也將牽引到這相同的處所！而「此時的心境」就如同所謂「放下屠刀、立地成佛」般，這是對未來由「橙」轉「藍」的時刻，只要一直的向藍的方向來走，最終會到最高處。不過，這並不是所謂的「完成式」，而是需要更多的「行動力」才能達到的啊！

(五) 分數與分享

分數是一個「不夠1的世界」，這個世界是平常我們常常接觸到的，例如：喝過的礦泉水，就不是1罐了；完整的布被剪過，就不是1塊完整的布了…等。我們常見的廢物利用就是這分數的「加減乘除」四則運算。

1. 前輩的用心

　　然而若重建立這個世界，沒有經過審慎的思密，那麼就會讓以後的人學習痛苦了，若每一個分數，我們都重新用一個符號代替，例如：二分之一用「○」代替；五分之二用「□」代替；則…每一個分數有不同

的表示方式，會讓分數複雜了！而今日我們用「$\frac{1}{2}$代表二分之一，我們可以看出古人的用心。

(1) 將1分為3份，表示為$\frac{1}{3}$。

(2) 將1分為4份，表示為$\frac{1}{4}$。

以食物而言這分為三份的每一份比起分為四份的每一份還要多！所以$\frac{1}{3} > \frac{1}{4}$

而若以「心境」而言，當多了一個人的分享時，這個「1」不就是要擴大，才能讓每一個人有相同的感受嗎？

2. 志同道合

當有一個人有1時，可將其分為10份，為$\frac{1}{10}$。

有二個人則有2，而這兩者恰好都可分為10份，則為$\frac{2}{10} = \frac{1}{5}$。

這說明了所謂「志同道合」、「目標一致」、「團結的力量」

3. 和群共處

每一個人可以分成的份數若是不同的

(1) 有人的1可以分為5份，為$\frac{1}{5}$

(2) 有人的1可以分為7份，為$\frac{1}{7}$

彼此的互相體諒，而有變化此時，每個人的心境便會擴大

$\frac{1}{5}$變為$\frac{1 \times 7}{5 \times 7} = \frac{7}{35}$。$\frac{1}{7}$變為$\frac{1 \times 5}{7 \times 5} = \frac{5}{35}$。

而所結合的心境就成為$\frac{7+5}{35} = \frac{12}{35}$；而若無法相處和善，也就容易抵消$\frac{7-5}{35} = \frac{2}{35}$；或生起了不好的心$\frac{5-7}{35} = \frac{-2}{35}$。

《附錄二》
譬喻與數學

一、前言

陳亢問於伯魚曰：「子亦有異聞乎？」

對曰：「未也。嘗獨立，鯉趨而過庭。曰：『學詩乎？』
對曰：『未也。』『不學詩，無以言！』鯉退而
學詩。他日。又獨立，鯉趨而過庭。曰：『學禮
乎？』對曰：『未也。』『不學禮，無以立！』鯉
退而學禮。聞斯二者。」

陳亢退而喜曰：「問一得三：聞詩、聞禮、又聞君子之遠
其子也！」

學記：「不學博依，不能安詩」

由此可知，詩經中描述了眾多譬喻之事。而世間上的事，
人們常常無法以言語、文字表達，透過譬喻、比喻的方式讓我
們對於事理的了解更深刻；同樣的，對於無形的感受也能藉由
「喻意」的抽絲剝繭而更接近內心的真性情！然而，這種方式
若不能有「瞎子摸象」的認知，則也將令人產生曲解或斷章取
義！

瞎子摸象（見佛經《六度集經》〈瞎子摸象〉）

臣奉王令，引彼瞽人，將之象所，牽手示之。中有持象足者，持尾者，持尾本者，持腹者，持脅者，持背者，持耳者，持頭者，持牙者，持鼻者。瞽人于象所爭之紛紛，各謂己真彼非，使者牽還，將詣王所。王問之曰：汝曹見象乎？對曰：我曹俱見。

王曰：象何類乎？

持足者對言：明王，象如漆筒。

持尾者言：如掃帚。

持尾本者言：如杖。

持腹者言：如鼓。

持脅者言：如壁。

持背者言：如高機。

持耳者言：如簸箕。

持頭者言：如魁。

持牙者言：如角。

持鼻者對言：明王，象如大索。

復於王前共訟曰：大王，象真如我言！

　　每一個人接觸到的世事，都是「象」的一部分，當我們肯定的說「象就是一面牆、一根繩索、…」時，不免因自我的堅持所限制、又不能接納別人的意見，無法融合的結果，導致於最後引起紛爭。其紛爭的內容在「明眼」的旁人看來，這就如同是一場鬧劇。若去除了自我的成見、執著，每個人變成誠實的提供資源者：「象的某一部分就如同一面牆、…」。如此，這未知景象對瞎子的「呈現」也就漸漸的可以瞭解了。

　　世上受限於人體五官的接收功能，未知的事何其之多，若

不能將心放大包容，那明眼人不也就如同瞎子般了！讓我們放開心胸、廣收資源，漸漸對於事理、世理更加的明瞭，進而實行再實行，才能無處而不自在，即是所謂「觀自在菩薩，行深般若波羅密多時」啊！

數學的學習：

1. 學習態度（觀自在）

　「知之為知之，不知為不知，是知也」才能瞭解自己！

2. 語言的學習對照

0~9、加、減、乘、除…等的數字運算學習	注音符號：ㄅ、ㄆ、ㄇ、ㄈ…等的學習
日常應用（應用問題）、敘述	國語表達、溝通

3. 方法（行深）

　「學而不思則罔，思而不學則殆」反覆練習以獲得心得。

二、因數與倍數

（一）數學用語

　對於A、B、C三個不為0的整數，如果A=B×C，那麼**A是B、C的「倍數」；B、C是A的「因數」**。

（二）阿伯與囝仔的譬喻

　1. 有甲、乙二人，甲年紀大、乙年紀小；若他們是父子

關係時，那麼**甲是乙的「爸爸」；乙是甲的「兒子」。**

2. 將「倍數」以暱稱稱為「阿伯」

「因數」以暱稱稱為「囝仔」

有二個數，要判斷是否為因數、倍數關係時，	使用「除法」	看餘數是否為0
有二個人，要檢驗是否為囝仔、阿伯親戚關係時，	使用 1.古法：滴血認親 2.今法：檢驗基因	卵子、精子來源（蛋）

例：判斷16是不是368的因數？	例：檢驗16是不是368的「囝仔」？
23 16〕368 　　32 　　48 　　48 　　　0 即368=16×23，故16「是」368的因數	23 16〕368 　　32 　　48 　　48 　　　0←蛋

3. 找親戚

　一次找一個

　例01：請問12是下列哪些數的「倍數」？

　1、2、3、4、5、7、8、10、12、15、24、36、60、80

　例02：請問12是下列哪些數的「因數」？

　1、2、3、4、5、7、8、10、12、15、24、36、60、80

　一次找二個

　範例：請問368的因數有哪些？

368=13×68

=21×84

=4×92

=8×46

=16×23

答：368的因數有1、2、4、8、16、23、46、92、

184、368共10個

例01：請問36的因數有哪些？

例02：請問40的因數有哪些？

一眼看出

(1) 2的倍數：個位數是0、2、4、6、8

例01：下列數字中，是2的倍數有哪些？

235、3388、7844、1987、28825252

例02：五位數1234□是2的倍數，□可以填入0~9中

的哪些數？

五位數123□4是2的倍數，□可以填入0~9中

的哪些數？

五位數123□5是2的倍數，□可以填入0~9中

的哪些數？

五位數□2344是2的倍數，□可以填入0~9中

的哪些數？

五位數□2345是2的倍數，□可以填入0~9中

的哪些數？

○2的倍數又稱為「偶數」，不是2的倍數者又稱為「奇數」

(2) 5的倍數：個位數是0、5

例01：下列數字中，是5的倍數有哪些？

1250、7356、14355、23939889、62830

例02：五位數2345□是5的倍數，□可以填入0~9中的哪些數？

五位數338□2是5的倍數，□可以填入0~9中的哪些數？

五位數383□5是5的倍數，□可以填入0~9中的哪些數？

五位數□2345是5的倍數，□可以填入0~9中的哪些數？

五位數□2356是5的倍數，□可以填入0~9中的哪些數？

(3) 9的倍數：各個位數字和是9的倍數

例01：下列數字中，是9的倍數有哪些？

342、423、779、99111、111111111

例02：三位數24□是9的倍數，□可以填入0~9中的哪些數？

三位數9□9是9的倍數，□可以填入0~9中的哪些數？

三位數3□5是9的倍數，□可以填入0~9中的哪些數？

三位數□90是9的倍數，□可以填入0~9中的

哪些數？

(4) 3的倍數：各個位數字和是3的倍數

例01：下列數字中，是3的倍數有哪些？

10101、12321、23345、93724、111111111

例02：三位數21□是3的倍數，□可以填入0~9中的
哪些數？

三位數2□3是3的倍數，□可以填入0~9中的
哪些數？

三位數9□0是9的倍數，□可以填入0~9中的
哪些數？

三位數□93是3的倍數，□可以填入0~9中的
哪些數？

4. 進階想一想

(1) 0可以是誰的因數？可以是誰的倍數？

(2) 一個數有可能一方面是2的倍數？另一方面又是3的
倍數嗎？

若43□這個三位數是2的倍數，又是3的倍數，則□
要填多少？

三、質因數分解

問題：54是不是9的倍數？

解答：是←表示54會產生什麼種的「因數」必定有其原
因！

此如同「血型」一般，父母的血型會影響子女的

血型，A型、B型、O型、AB型及血型中顯性、隱性的影響…等。

因此我們對於「每一個數」來做分析

$1 = 1 \times 1$...........1的因數，只有1

$2 = 1 \times 2$...........2的因數，有1、2

$3 = 1 \times 3$...........3的因數，有1、3

$4 = 1 \times 4 = 2 \times 2$...........4的因數，有1、2、4

$5 = 1 \times 5$...........5的因數，有1、5

$6 = 1 \times 6 = 2 \times 3$...........6的因數，有1、2、3、6

$7 = 1 \times 7$...........7的因數，有1、7

…

$20 = 1 \times 20 = 2 \times 10 = 4 \times 5$.....20的因數，有1、2、4、5、10、20

$21 = 1 \times 21 = 3 \times 7$...........21的因數，有1、3、7、21

$22 = 1 \times 22 = 2 \times 11$...........22的因數，有1、2、11、22

$23 = 1 \times 23$...........23的因數，有1、23

…

（一）數學用語

1. 分類

　　質數：大於1的整數，除了1和本身之外，就沒有其他因數者。【兩個「囝仔」恰恰好】

　　例：$2 = 1 \times 2$

　　　　$3 = 1 \times 3$

$$5 = 1 \times 5$$

$$7 = 1 \times 7$$

…

合數：除了1和本身之外，還有其他因數者。【三個因數以上】

例：$4 = 1 \times 4 = 2 \times 2$ ....4的因數，有1、2、4

$6 = 1 \times 6 = 2 \times 3$..............6的因數，有1、2、3、6

…

★ 1不是質數，也不是合數，自己獨立為一個！

2. 質因數分解

質因數：如果一個整數的因數，此因數又是一個質數，則具有雙重身分的這個數就稱質因數。

例：$20 = 1 \times 20 = 2 \times 10 = 4 \times 5$

20的所有因數為1、2、4、5、10、20

在這6個因數之中，2、5這兩個數是質數，所以2、5稱為20的質因數。

從「合數」中的**所有因數**可以看到**彼此間**似乎有關係

★ 每一個大於1的數，如果不是質數，都可以分解成兩個
或兩個以上的質因數乘積

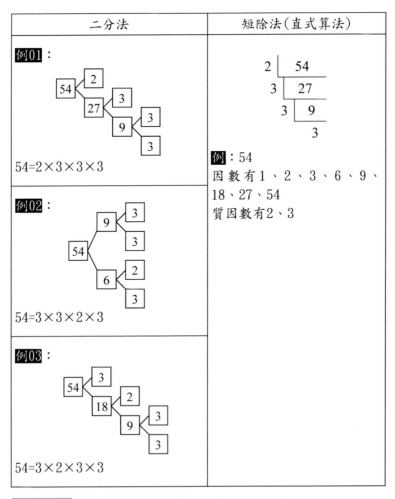

二分法	短除法（直式算法）
例01： 54=2×3×3×3	$$2\ \big|\ 54$$ $$3\ \big|\ 27$$ $$3\ \big|\ 9$$ $$3$$ 例：54 因數有1、2、3、6、9、 18、27、54 質因數有2、3
例02： 54=3×3×2×3	
例03： 54=3×2×3×3	

實作練習：將240寫成質因數的乘積，並指出質因數有哪些？

3. 標準分解式

 (1) 相同數連乘的簡記法

  $2 \times 2 \times 2 \times 2 \times 2 = 2^5$ 讀作2的五次方

  $5 \times 5 \times 5 = 5^3$ 讀作5的三次方或5的立方

  $7 \times 7 = 7^2$ 讀作7的二次方或7的平方

  $3 \times 3 \times 3 \cdots \times 3$（有100個相乘）$= 3^{100}$ 讀作3的100次方

  實作練習：求出2004的標準分解式？

 (2) 因數、倍數的判斷

  例01：請問$5^3 \times 3$是否為$3 \times 5^6 \times 11$的因數？

  例02：請問$2^7 \times 3$是否為2^4的倍數？

（二）質數譬喻

 中國古代稱質數為「數根」

 質：物的本體→物質

 人的天性→資質

四、最大公因數與最小公倍數

「公」：公共、公有、公物…，兩者以上之間才有的「公共」關係。

知道了每個數的來源結構(構成的質數)。接下來，可以來看看兩個(以上)之間有無關連！

【譬喻：知道了每個人的構成因子。接下來，看看兩個(以上)人之間有無親戚關係】

（一）數學用語

1. 公因數、最大公因數、互質

    (1) 公因數的意義：大於0的幾個整數，它們共同的因數稱為「公因數」

    (2) 最大公因數：公因數中最大者，稱為「最大公因數」

    書寫記法：以小括號中逗號分隔記錄。即a、b兩數的最大公因數記為（a, b）

    例：18的所有因數為1、2、3、6、9、18

    　　12的所有因數為1、2、3、4、6、12

    　　18與12的公因數有1、2、3、6；其中最大者為6。

    　　所以，18與12的最大公因數為（18, 12）＝ 6

    (3) 為何我們只要找到最大公因數就好了呢？

    因為，只要知道最大公因數，其他所有共同的因數就可以知道(即是最大公因數的所有因數)

(4) 互質：大於0的兩個整數，當兩數的最大公因數是1時，稱這兩個數互質。

例：$(24, 35)=1$　$\left.\begin{array}{l}24=2^3 \times 3 \\ 35=5 \times 7\end{array}\right\}$ 兩個數的最大公因數為1

2. 公倍數、最小公倍數

(1) 公倍數的意義：大於0的幾個整數，它們共同的倍數稱為「公倍數」

(2) 最小公倍數：公倍數中最小者，稱為「最小公倍數」

書寫記法：以中括號中逗號分隔記錄。即a、b兩數的最小公倍數記為[a, b]

例：4的倍數有4、8、12、16、20、24、28、32、36、40、44、48、…

6的倍數有6、12、18、24、30、36、42、48、54…

4與6的公倍數有12、24、36、48；其中最小者為12。

所以，4與6的最小公倍數為[4, 6] = 12

(3) 為何我們只要找到最小公倍數就好了呢？

因為，只要知道最小公倍數，其他所有共同的倍數就可以知道（即是最小公倍數的所有倍數）

（二）族譜、親戚關係的譬喻

1. 公囝仔、最大公囝仔、非親屬（互質）

　　(1) 公囝仔的意義：幾個人中，它們有相同的「囝仔」（因數）者

　　(2) 最大公囝仔：「公囝仔」中最大者，稱為「最大公囝仔」

　　　　例：18的所有「囝仔」（因數）為1、2、3、6、9、18

　　　　　　12的所有「囝仔」（因數）為1、2、3、4、6、12

　　　　　　18與12的「公囝仔」有1、2、3、6；其中最大者為6。

　　　　　　所以，18與12的「最大公囝仔」為 $(18, 12) = 6$

　　(3) 為何我們只要找到「最大公囝仔」就好了呢？

　　　　因為，只要知道「最大公囝仔」，其他所有的「公囝仔」就可以知道（即是「最大公囝仔」的所有「囝仔」）

　　(4) 非親屬：當兩人的「最大公囝仔」是1時，稱這兩個人非親屬。

　　例：$(24, 35) = 1$　$\left.\begin{array}{l} 24 = 2^3 \times 3 \\ 35 = 5 \times 7 \end{array}\right\}$ 兩個數的「最大公囝仔」為1

2. 公阿伯、最大公阿伯

　　(1) 意義：幾個人中，它們共同的「阿伯」者

　　(2) 最小公阿伯：「公阿伯」中最小者，稱為「最小公

阿伯」

例：4的阿伯（倍數）有4、8、12、16、20、24、

28、32、36、40、44、48、…

6的阿伯（倍數）有6、12、18、24、30、36、

42、48、54…

4與6的「公阿伯」有12、24、36、48；其中最

小者為12。

所以，4與6的「最小公阿伯」為[4, 6] = 12

(3) 為何我們只要找到「最小公阿伯」就好了呢？

因為，只要知道「最小公阿伯」，其他所有的「公

阿伯」就可以知道（即是「最小公阿伯」的所有

「阿伯」）

五、分數的起源與加減

（一）不足1的存在

中國文字「分」說得好，將「一」分為兩半，即所謂的

「一刀兩斷」。這也正說明了不是完整個體的存在、也恰說

明了這世界上存在著許許多多的殘破、缺陷的事物：碎紙、破

布、喝過的一瓶水、吃剩的蛋糕、…等。

事實告知我們，這世界上確實有這些物質的存在，就如同

已經「生育」了這些物體般；而這些生活上的驚覺發現，就如

同初生嬰兒，若不加以命名，我們將無法與「它」溝通、亦無

法與「它」認識，也因此在不違反既有的、行之有年的歷史習

慣中來予以「命名」，將是當務之急！

（二）命名

圖示	配合原來整數的表示	分數	譬喻
	1	$1, \frac{1}{1}, \frac{2}{2}, \frac{3}{3}, \frac{4}{4}, \frac{5}{5}, \cdots$	1. 每個分數有不同的表示方法，就如同一個人，可以多吃變胖、或是減肥瘦身。
$\frac{1}{2}$	$\frac{2}{2}=1$	$\frac{1}{2}, \frac{2}{4}, \frac{3}{6}, \frac{4}{8}, \frac{5}{10}, \cdots$	2. 分數的分子、分母同時乘以一個不為0的數，如同多吃變胖，是為「擴分」
$\frac{1}{3}$	$\frac{3}{3}=1$	$\frac{2}{3}, \frac{4}{6}, \frac{6}{9}, \frac{8}{12}, \frac{10}{15}, \cdots$	3. 分數的分子、分母同時除以一個不為0的數，如同減肥瘦身，是為「約分」
$\frac{1}{4}$	$\frac{4}{4}=1$	$\frac{1}{4}, \frac{2}{8}, \frac{3}{12}, \frac{4}{16}, \frac{5}{20}, \cdots$	4. 通常我們是以沒有「贅肉」的最美姿態來展現自我，即是為「最簡分數」
$\frac{1}{5}$	$\frac{5}{5}=1$	$\frac{3}{5}, \frac{6}{10}, \frac{9}{15}, \frac{12}{20}, \frac{15}{25}, \cdots$	
…	…	…	

（三）分數的加減

1. 分母相同

利用上頁的圖示拼湊，有利於輔助說明！

(1) $\frac{2}{3} + \frac{1}{3} = \frac{3}{3} = 1$

(2) $\frac{3}{5} + \frac{6}{5} = \frac{9}{5}$

(3) $\frac{23}{15} + \frac{1}{15} = \frac{24}{15} = \frac{8}{5}$

(4) $\frac{13}{16} - \frac{5}{16} = \frac{8}{16} = \frac{1}{2}$

2. 分母不同

(1) $\dfrac{1}{2}$ 與相加

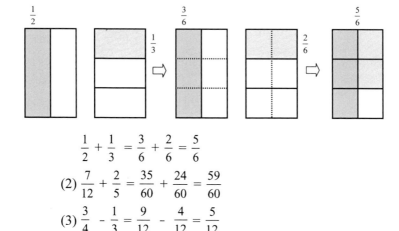

$$\frac{1}{2} + \frac{1}{3} = \frac{3}{6} + \frac{2}{6} = \frac{5}{6}$$

(2) $\dfrac{7}{12} + \dfrac{2}{5} = \dfrac{35}{60} + \dfrac{24}{60} = \dfrac{59}{60}$

(3) $\dfrac{3}{4} - \dfrac{1}{3} = \dfrac{9}{12} - \dfrac{4}{12} = \dfrac{5}{12}$

結論：加減法則→將分母變成相同後，分子再來相加減。

3. 應用

將文章或言語的描述中與數字有相關的部分截取出來，並依其意義列出算式即可加以運算！

例：花園的 $\dfrac{3}{4}$ 種菊花 $\dfrac{2}{5}$、種桃花。則

(1) 菊花比桃花多了幾分之幾的占地？

(2) 菊花與桃花共占花園的幾分之幾？

六、正負數的加減運算

（一）負數的表示

正數不足以表示世界上「相對」的事物而產生。

例：熱(+)、冷(-)；美(+)、醜(-)；高(+)、低(-)；明
(+)、暗(-)；東(+)、西(-)；大(+)、小(-)；
北(+)、南(-)；陽(+)、陰(-)；…。
此正(+)、負(-)，稱為「性質符號」：用來描述自身
的特性。

例：+5（正5）、 - 2.4（負2.4）
此與加(+)、減(-)的「運算符號」：用來對兩物體產
生作用。

例：7 + 2.1（7加2.1）、3.2 - 5.6（3.2減5.6）

（二）負小數與負分數

1. 負小數

意義：

例：$-1.232 = -1 + (-0.232) = -1 - 0.232$

2. 負分數

意義：

例：$-3\frac{1}{2} = -3 + (-\frac{1}{2}) = -3 - \frac{1}{2}$

負號位置：

例：$-\frac{3}{4} = \frac{-3}{4} = \frac{3}{-4}$

（三）分數與小數互換的譬喻

一個人，他的性格受到心情的影響，表現出來的方式可分為「外向」、「內向」兩方面來說明：

我們以含有「不足1」的數來代表每一個人，則有；

例：$13\frac{7}{10}=13.7$

1. 外向的人喜好與眾不同，以「分數」來說明；因為分數與原來的「整數」表現方式不同。

   例：$13\frac{7}{10}$

2. 內向的人不喜歡突出，以「小數」方式說明；因為若沒有「小數點」還不知有小數的存在。

   例：13.7

再者,將「外向」、「內向」分別的好處、壞處整理如下:

人	分數 (外向)	1.壞處 →靜不下來	例:$\frac{1}{3} = 0.3333333\ldots$ $\frac{1}{6} = 0.1666666\ldots$ …	無限循環小數 (分母含有 2、5 之外的因數) 1.以近似值記之為 $\frac{1}{3} \fallingdotseq 0.3$ $\frac{1}{6} \fallingdotseq 0.17$ 2.給與「當頭棒喝」令其停止 $\frac{1}{3} = 0.\overline{3}$、$\frac{1}{6} = 0.1\overline{6}$
		2.好處 →易相處	例:$\frac{1}{4} = 0.25$ $\frac{2}{5} = 0.4$ …	有限小數 (容易)分母必為 2、5 的因數組成

	小數
	(內向)
		1.好處
		→善良
			例:$0.37 = \frac{37}{100}$
			
			$1.244 = 1\frac{244}{1000} = 1\frac{61}{250}$
			
			…
				真心相對:可以化為分數
				1.直接告知為「百分位」
				  0.37 的 7 位於百分位
				2.直接告知為「千分位」
				  1.244 第 2 個 4 位於千分位
				…

		2.壞處
		→陰險
			例:π
			  3.010010001…
			  …
				無限不循環小數:無法化為分數

（四）正負數加減運算的聯想

1. 聯想來源

   ○龜苓糕→諧音「歸零」

   ○數線→麵線

   ○『大箍呆，炒韭菜，燒燒一碗來，冷冷阮不愛』

   性質符號：

   　　(1) 熱的麵線(+)→正

   　　(2) 冷的麵線(－)→負

   運算符號：

   　　(1) 送來(+)→加

   　　(2) 拿走(－)→減

   特性：

   (1) 可以加麵（表示不一定要一碗，允許分數、小數）

   (2) 「冷」與「熱」混合會「歸零」

   (3) 歸零的方式以「數量」來抵消

2. 加法運算

   (1) 15 + 5　　**解釋：** 15碗熱的麵線，「再叫」5碗熱的麵線，共有20碗熱的。

   (2) 15 + (-5)　　**解釋：** 15碗熱的麵線，「再叫」5碗冷的麵線，混合後消失5碗，剩10碗熱的。此與15碗熱的麵線，拿走5碗熱的相同，即15 + (-5)=15－5=10

   (3) (-15)+ 5　　**解釋：** 15碗冷的麵線，「再叫」5碗熱的麵線，混合後消失5碗，剩10碗冷的。

(4) (-15)+(-5)　　　　**解釋**：15碗冷的麵線，「再叫」5碗
　　　　　　　　　　冷的麵線，共有20碗冷的。

得到結論：a、b是任意兩個正數（含小數、分數）

(1) (+a) + (+b) = +(a + b)

(2) (+a) + (-b) = +(a－b)

(3) (-a) + (+b) = －(a－b)

(4) (-a) + (-b) = －(a + b)

加法交換律

對任意兩數a、b→　a + b = b + a

(1) 歸零麵線可以解釋。

(2) 國文的倒裝句：例：風 颱 = 颱 風

加法結合律

對任意三數a、b、c→　(a + b) +c = a + (b + c)

3. 減法運算

　　(1) 15－5　　　　**解釋**：15碗熱的麵線，「拿走」5碗熱
　　　　　　　　　　的麵線，剩10熱。

　　　　5－15　　　　**解釋**：5碗熱的麵線，「拿走」15碗熱
　　　　　　　　　　的麵線，剩10冷。（「冷」與「熱」
　　　　　　　　　　混合為「零」）
　　　　　　　　　　這與5＋(-15) 相等，解釋參見「加法運
　　　　　　　　　　算」

　　(2) 15－(-5)　　　**解釋**：15碗熱的麵線，「拿走」5碗冷

的麵線，20碗熱的。

這與15＋5相等，解釋參見「加法運算」

(3)(-15) － 5　　**解釋：**15碗冷的麵線，「拿走」5碗熱的麵線，剩20碗冷的。

這與(-15)＋(-5)相等，解釋參見「加法運算」

(4)(-15) － (-5)　　**解釋：**15碗冷的麵線，「拿走」5碗冷的麵線，剩10冷。

　(-5) － (-15)　　**解釋：**5碗冷的麵線，「拿走」15碗冷的麵線，剩10熱。

這與(-5)＋15相等，解釋參見「加法運算」

即「拿走冷的」等於「再叫熱的」；「拿走熱的」等於「再叫冷的」

也可**解釋**為：教室中已有若干對男女，進來兩個女的，與出去二個男的。教室中的男女「落單」的人數都是兩個女的！

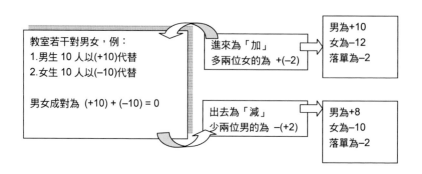

了解此說法，才可說明減法運算之(1)～(4)「無中生有，隔空抓麵」的方式

加法可以理解（冷熱叫來混一混），而對減法的了解若尚無法接受，就將它變為加法來想吧！

得到結論：a、b是任意兩個正數(含小數、分數)

(1)(+a) － (+b) = +(a － b) = a － b　或 = a + (－ b)

(2)(+a) － (－ b) = +(a － b) = a + b

(3)(－ a) － (+b) = － (a + b) = － a － b　或 = (－ a) + (－ b)

(4)(－ a) － (－ b) = － (a － b) = － a + b

七、正負數的乘除與四則運算

（一）水位的表示

常用的說明方式：利用「水庫水位」的升降變化方式來解釋。

水位變化量 (升為+，降為-)	天數 (前為-，後為+)	與「現在」比較		結論
每天下降 4 公分　(-4)	5 天後　5	水位為下降 20 公分	-20	負正得負
每天上升 4 公分　4	5 天後　5	水位為上升 20 公分	20	正正得正
每天下降 4 公分　(-4)	5 天前　(-5)	水位為上升 20 公分	20	負負得正
每天上升 4 公分　4	5 天前　(-5)	水位為下降 20 公分	-20	正負得負

而得到的結論是「負正得負」、「正正得正」、「負負得正」、「正負得負」這四種不同先後順序的結果，最後得到兩種「正」「負」結果。若只是在數字上做這演練，亦很難看出有什麼「道理」於其中！

我們在此，再將其使用圖示再說明一次，最後再來說明與「念」的關係吧！

（二）轉念的意義

整數的乘法中，可以說明為何要「轉念」，以及「轉念」的重要，如何說呢？待編者娓娓道來

1. 對未來的預測

從今天開始，每天存8塊錢，則30天後，共存有多少錢？這是「累積」的，所以共8×30=240元，這240元的意思是：每天存8元，30天後會比今天多了240元。以今天為基準，比今天多，故為「正」這也是國小範圍所學的「正整數」

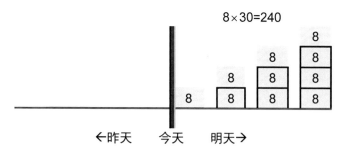

從今天起，每天花5元，則30天後，共花了多少錢？這也是「累積」的問題，花5元為（-5），所以，（-5）×30= -150元，這-150元的意思是：每天花5元，30天後會比今天少150元。以今天為基準，比今天少，故為「負」

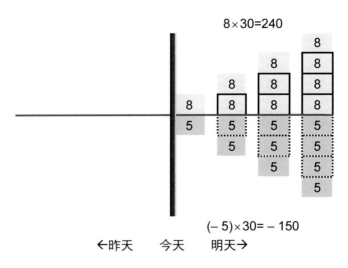

2. 對過去的推演

同樣是每天存8元，推演到20天前的狀況，那不就是8（-20）＝ -160元，也就是，以今天為基準，20天前比今天少，故為「負」

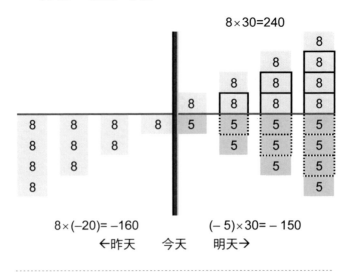

同理，每天花5元，倒推到了20天前的狀況，那必定要比現在還有錢才可以花啊！那不就是（-5）×（-20）＝100元，也就是，以今天為基準，20天前比今天多，故為「正」

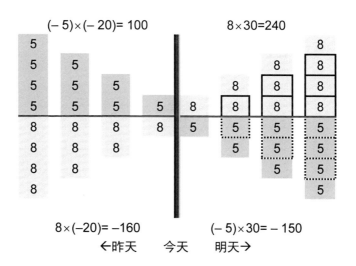

3. 念的影響

當我們取前後20天，花錢、存錢都是5元時，我們再來看看。

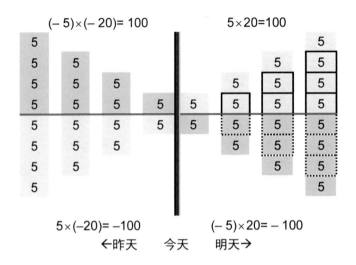

$(-5) \times (-20) = 100$　　　　$5 \times 20 = 100$

$5 \times (-20) = -100$　　　$(-5) \times 20 = -100$

←昨天　　今天　　明天→

這時以下方的式子來說，$5 \times (-20) = -100$；$(-5) \times 20 = -100$兩者的值也是相同的。

亦即是，當我們過去20天每天存了5元，直到今天。倘若今天覺得對過去存錢的辛苦不值得，光就想要花錢的「心情」、「念頭」顯現了，不就是等於未來花了20天的錢一樣多嗎？那不就是又回到了沒有積蓄、沒有存錢一般！

所以，為何說要「轉念」，當我們「行善」之時，亦是「向上」、「向善」累積了好多、好多的事蹟(如上圖中左下方的淺藍色部分)；然而，心中起了不好的念頭時，這與未來「向下」有何不同呢(右下方橙色部分)！「轉念」可以讓尚未附諸行動的「未來」得以改變；也就是可以不讓原本是在「淺藍色的部分」轉而成為「橙色部分」的走向。否則，此刻受到心境的影

響，漸漸向下，未來不僅會有回到等值之處，而且這
漸漸向下的習性一旦養成，倘若要再翻身，恐怕不是
如此的容易，這不是讓之前所做的「上」、「善」白
費了嗎！

同樣的道理，以上方的式子來說，（ - 5）×（-20）＝
100；520＝100兩者的值是相同的。

當過去每天都會花些小錢的習慣，在今天開始有了
「存起來」的心情，想將未來要花的錢留存，那不是
等於是一個轉折點(由橙轉藍)嗎？雖然尚未實現，而
這心境的引力也將牽引到這相同的處所！而「此時的
心境」就如同所謂「放下屠刀、立地成佛」般，這是
對未來由「橙」轉「藍」的時刻，只要一直的向藍的
方向來走，最終會到最高處。不過，這並不是所謂的
「完成式」，而是需要更多的「行動力」才能達到的
啊！

（三）四則運算

正負數的四則運算所依照的法則：

1. 有括號時，由內而外依序為小括號（ ）、中括號[ ]、
大括號{ }的順序來計算，若用相同的括號表示時，亦
是以「內者」為優先！【事情的輕重緩急，指定的事
先做】

2. 先算次方，再來是「乘、除」，最後才是「加、
減」！首次方，【先乘除、後加減】

○為何先乘除、後加減？【加減升級為乘除，乘除升級
為次方，級數高者優先】

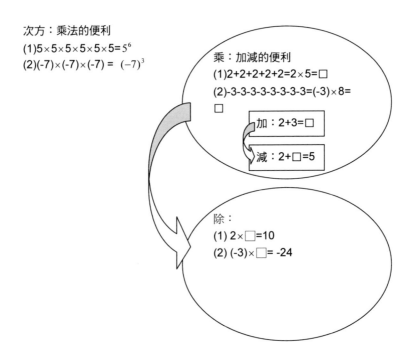

次方：乘法的便利
(1) $5 \times 5 \times 5 \times 5 \times 5 = 5^6$
(2) $(-7) \times (-7) \times (-7) = (-7)^3$

乘：加減的便利
(1) $2+2+2+2+2 = 2 \times 5 = \square$
(2) $-3-3-3-3-3-3-3-3 = (-3) \times 8 = \square$

加：$2+3 = \square$

減：$2+\square = 5$

除：
(1) $2 \times \square = 10$
(2) $(-3) \times \square = -24$

八、一元一次式

（一）未知

○世界上的眾多世事「知道的事多還是不知道的事多？」
人的眼界：人的眼睛只能感受波長範圍在 4000~7000埃(Å)
（1埃 = 10^{-10} 公尺），其他的呢？
人的耳界：人的耳朵可聽到頻率範圍20～20000 Hz（即
20Hz~20KHz），其他的呢？

...

「知人、知面、不知心」

（二）元

何謂「元」？拆字如下

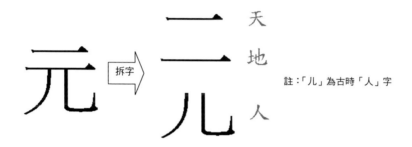

中國人對於這婆娑世界的起始與一般人同，懷有「未知」的敬畏！「元」拆開而言，代表著「天、地、人」，這三者來源的未知，最為原始！所以，以「元」來代表「未知數」是最適切不過的了！

（三）未知數的喻譬

偵探之喻：（日本）卡通—少年偵探柯南、金田一；(英國)福爾摩斯；（中國）包公案、施公案、陸小鳳…等。

即：「在謎底尚未解開之前，每一個人都有嫌疑」→國中的範圍：所有實數（數線上的數）

所以，我們要以「假設」來代替懷疑，利用「等號」與事實連結，加以合理的推斷，最後產生得到解答的「驗證」。

1. 假設：即「未知數」
2. 等號：與事實連結（例：阿基米德、牛頓的故事）

   一心一意的思考，常會有諸多的靈感來附和，與其平時懵懵碰上渺小「頓時」的機會而錯過，不如平時的培養陶冶來「待機」以激起火花。以此法來說，許多名人的思考：阿基米德在澡盆上的驚人之言「尤里卡！尤里卡！（希臘語enrhka，意思是：我找到了、發現了）」；牛頓在蘋果樹下的喃喃自語，就不會是令人不解的話語了！

   【苦思聚靈感，一果啟因緣，若信啖食事，世事皆白忙】

3. 合理的推斷：等量公理、移項法則
4. 驗證：得到解答

國家圖書館出版品預行編目

數學老師讀國文 / 漠泉著. -- 一版
臺北市：秀威資訊科技, 2005[民 94]
面 ； 公分. -- 參考書目：面
ISBN 978-986-7263-15-5(平裝)

1. 國文 – 讀本

836   94003760

語言文學類　PG0049

數學老師讀國文

作　　者 / 漠泉
發 行 人 / 宋政坤
執行編輯 / 林秉慧
圖文排版 / 莊芯媚
封面設計 / 羅季芬
數位轉譯 / 徐真玉　沈裕閔
圖書銷售 / 林怡君
法律顧問 / 毛國樑　律師
出版印製 / 秀威資訊科技股份有限公司
　　　　　台北市內湖區瑞光路 583 巷 25 號 1 樓
　　　　　電話：02-2657-9211　　　傳真：02-2657-9106
　　　　　E-mail：service@showwe.com.tw
經 銷 商 / 紅螞蟻圖書有限公司
　　　　　台北市內湖區舊宗路二段 121 巷 28、32 號 4 樓
　　　　　電話：02-2795-3656　　　傳真：02-2795-4100
　　　　　http://www.e-redant.com

2005 年 3 月 BOD 一版
定價：160 元

讀 者 回 函 卡

感謝您購買本書,為提升服務品質,煩請填寫以下問卷,收到您的寶貴意見後,我們會仔細收藏記錄並回贈紀念品,謝謝!

1. 您購買的書名:＿＿＿＿＿＿＿＿＿＿＿＿＿＿＿＿＿

2. 您從何得知本書的消息?

　　□網路書店　　□部落格　　□資料庫搜尋　　□書訊　　□電子報　　□書店

　　□平面媒體　　□ 朋友推薦　　□網站推薦　□其他＿＿＿＿＿＿

3. 您對本書的評價:(請填代號　1.非常滿意 2.滿意 3.尚可 4.再改進)

　　封面設計＿＿＿　版面編排＿＿＿　內容＿＿＿　文/譯筆＿＿＿　價格＿＿＿

4. 讀完書後您覺得:

　　□很有收獲　　□有收獲　　□收獲不多　　□沒收獲

5. 您會推薦本書給朋友嗎?

　　□會　　□不會,為什麼?＿＿＿＿＿＿＿＿＿＿＿＿＿＿＿＿

6. 其他寶貴的意見:＿＿＿＿＿＿＿＿＿＿＿＿＿＿＿＿＿＿＿＿

＿＿＿＿＿＿＿＿＿＿＿＿＿＿＿＿＿＿＿＿＿＿＿＿＿＿＿＿

＿＿＿＿＿＿＿＿＿＿＿＿＿＿＿＿＿＿＿＿＿＿＿＿＿＿＿＿

＿＿＿＿＿＿＿＿＿＿＿＿＿＿＿＿＿＿＿＿＿＿＿＿＿＿＿＿

讀者基本資料

姓名:＿＿＿＿＿＿＿＿＿＿　年齡:＿＿＿＿　性別:□女 □男

聯絡電話:＿＿＿＿＿＿＿＿　E-mail:＿＿＿＿＿＿＿＿＿＿

地址:＿＿＿＿＿＿＿＿＿＿＿＿＿＿＿＿＿＿＿＿＿＿＿＿＿

學歷:□高中(含)以下　　□高中　　□專科學校　　□大學

　　　□研究所(含)以上　□其他＿＿＿＿＿＿＿＿

職業:□製造業 □金融業 □資訊業 □軍警 □傳播業 □自由業

　　　□服務業 □公務員 □教職　　□學生 □其他＿＿＿＿＿

To：114

台北市內湖區瑞光路 583 巷 25 號 1 樓

秀威資訊科技股份有限公司　　　收

寄件人姓名：

寄件人地址：□□□

(請沿線對摺寄回,謝謝!)

秀威與 BOD

BOD（Books On Demand）是數位出版的大趨勢,秀威資訊率先運用 POD 數位印刷設備來生產書籍,並提供作者全程數位出版服務,致使書籍產銷零庫存,知識傳承不絕版,目前已開闢以下書系:

一、BOD 學術著作—專業論述的閱讀延伸
二、BOD 個人著作—分享生命的心路歷程
三、BOD 旅遊著作—個人深度旅遊文學創作
四、BOD 大陸學者—大陸專業學者學術出版
五、POD 獨家經銷—數位產製的代發行書籍

BOD 秀威網路書店：www.showwe.com.tw
政府出版品網路書店：www.govbooks.com.tw

永不絕版的故事・自己寫・永不休止的音符・自己唱